afgeschreven

Basta!

Michael Belderink

Basta!

2008   Prometheus   Amsterdam

© 2008 Michael Belderink
Omslagontwerp Gülschen Artun
Foto omslag Corbis
Foto auteur Angèle Etoundi Essamba
www.uitgeverijprometheus.nl
ISBN 978 90 446 1129 8

I

Achteraf had ik het kunnen weten. Dat het niet meer zo lekker liep, dat huwelijk van mijn ouders.

We stonden op het hockeyveld. Zaterdagochtend, negen uur, een uitwedstrijd in Heiloo. Mijn vader had bedacht dat het voor kinderen goed was om sportend door hun puberteit te gaan. In ieder geval niet zingend, zoals ik ooit van plan was geweest. Jammer, want ik was best muzikaal en zat op zangles.

Waren ze een keer naar een optreden komen kijken. Stond ik daar in m'n glitterjurk 'Hit Me Baby One More Time' van Britney Spears te zingen. Juichende zaal, trotse moeder, maar mijn vader in alle staten. Of ik wist wat dat betekende, wat ik net had gezongen? Nee, moest dat dan?

Een week later zat ik op hockey, alsof-ie me ternauwernood van de ondergang had gered.

Dat een meisje van bijna twaalf niet wist wat ze stond te zingen, bleek achteraf niet het punt. Paps wilde liever niet dat ik op een gegeven moment wel wist wat ik stond te zingen. 'Hit Me Baby One More Time.' Ondertussen begreep ik het wel, maar het gevaar voor mijn geestelijke gezondheid, zoals hij het graag noemde, was me nog steeds niet duidelijk. 't Was toch maar een liedje?

Maar ik leed aan een soort van redelijkheid waardoor ik nooit twijfelde aan de goede bedoelingen van mijn ouders. Hockey, ik haatte het, maar ik kwam tenminste nog eens buiten.

Ik was inmiddels vijftien en speelde in de B-5, het laagste elftal. Dat vond paps nou weer niet erg. Hij noemde zichzelf graag 'de voorzitter van de club van niet-ambitieuze ouders'. Lekker een balletje slaan was belangrijker dan winnen.

Nogal logisch, want we wonnen nooit. We verloren altijd, en niet zo zuinig ook. De enige die het daar moeilijk mee had was mijn moeder. Zij was onze vaste scheidsrechter en zij noemde zich graag 'de voorzitter van de club van partijdige scheidsrechters'. Om de score nog een beetje draaglijk te houden. Dat ging vaak goed, maar niet altijd.

Nu wil niemand op zaterdagochtend om negen uur in Heiloo zijn om met 12-0 te verliezen. Want daar zag het wel naar uit toen we na een kwartier al met 3-0 achterstonden. Dus besloot mams rigoureus in te grijpen. Ze gaf ons niet meer het voordeel van de twijfel. Nee, ze floot consequent in het nadeel van de tegenpartij. En dat vond Heiloo natuurlijk niet zo leuk.

Hockey is een nette sport. Je slaat elkaar niet op de bek, of probeert elkaar te onthoofden met je stick. Maar emoties zijn emoties, en niemand laat zich zomaar een doelpunt ontnemen.

Dus toen mams een loepzuiver doelpunt van Heiloo afkeurde, was het hek van de dam. Ze werd belaagd door de speelsters van Heiloo, twee ouders kwamen zelfs het veld op. Ik rende naar haar toe.

De twee ouders stonden haar om het hardst voor alles wat mooi en lelijk is uit te maken. Mams probeerde uit te leggen waarom ze het doelpunt had afgekeurd, toen een van die ouders haar zelfbeheersing verloor. Ik geloof dat die vrouw haar eigenlijk wilde slaan, maar zich net op tijd bedacht en haar daarom maar een duw gaf. Een harde duw. Mams viel languit achterover. Iedereen schrok, het werd stil. Ik wurmde me door de haag van spelers.

'Mam!'

Ik knielde naast haar neer, wilde haar overeind helpen. Niet nodig. Ze kwam zelf overeind, knikte me rustig toe alsof er niets was gebeurd, en wees ons de plek waar we het spel konden hervatten. Ik keek om. Mijn broertje Jasper was in zijn eentje aan het voetballen. En paps?

Die stond met z'n rug naar het veld heel gezellig met een of andere geweldige bimbo te praten. Het type vrouw van wie ik zeker wist dat hij niet wilde dat Jasper er later ooit mee thuis zou komen. Te blond. Te opgemaakt. Te strakke broek. Te grote tieten die iedereen mocht zien. Ze lachte om hem, ze flirtte met hem.

Ik vond hem een lul. Kon je iets ergers van je vader vinden dan dat het een lul was? Ja, een grote lul.

7

2

Eigenlijk was het allemaal de schuld van Jasper. Als-ie niet terug naar huis was gegaan om zijn lunchpakket te halen, dan had-ie niks gezien. Dan had mijn moeder niks hoeven zeggen. Dan had mijn vader niks geweten, en zelf ook niks hoeven zeggen. Dan was er helemaal niets aan de hand geweest. Maar goed, Jasper was pas twaalf en had nog geen overzicht.

Natuurlijk begreep Jasper best dat mams niet op dinsdagochtend in bed hoorde te liggen met Flip, de vader van zijn beste vriendje Guido. Dat mams in bed hoorde te liggen met paps. Elke nacht, en desnoods op dinsdagochtend omdat ze allebei ziek waren, of seks wilden hebben. Maar niet met Flip, nooit met Flip. Die afschuwelijke Flip, had ze dan helemaal geen smaak?

Maar het ging dus niet over smaak. Of dat ze een minnaar wilde. Of gewoon voor een keer iets anders omdat zelfs paps wel eens ging vervelen. Het ging over liefde. Nou ja, groot woord: ze was verliefd. Op Flip.

Volgens mij was ze in de war. Maar volgens haar was dat hetzelfde. Als je verliefd bent, ben je in de war. Volgens mij was zij heel erg in de war, dus heel erg verliefd op Flip. Niet te geloven!

Mijn moeder vond dat ze haar verliefdheid moest opbiechten. Omdat ze Jasper van het schuldgevoel wilde bevrijden dat hij haar in bed had aangetroffen met Flip. Alsof je daarvan blijft zitten.

Dus wachtten Jasper en ik eigenlijk op een giga-uitbarsting van mijn vader. Maar die schonk zichzelf heel rustig nog een glas wijn in en zweeg. Stilte voor de storm, dacht ik nog. En dat was het: een storm, maar niet de storm die ik verwacht had. Want na een heel lang 'ooo' vond hij dat hij ook iets moest zeggen. Maar wat?

Dat hij het niet pikte? Dat hij wel even naar Flip toe zou gaan om hem duidelijk te maken dat hij voortaan met zijn vingers van mijn moeder af moest blijven?

De stilte duurde. En hij bleef maar kalm. Geen spoor van stijgende woede of aanstalten om de fles wijn over mijn moeder leeg te gooien. En toen, nadat hij zich nog maar een keer had bijgeschonken en mijn moeder ook, kwam het.

'Ik ook!'

Mijn moeder keek wat verward, Jasper at gewoon door.

'Wat jij ook?' vroeg ik.

'Nou, ik ook.'

Ik geloof dat ik wel begreep wat-ie wilde zeggen. Ik denk dat ik het de eerste keer al begreep toen hij 'ik ook' zei. Maar misschien wilde ik het wel niet horen, laat staan begrijpen. Dus hoopte ik dat hij iets heel anders bedoelde. Maar hij bedoelde dus precies hetzelfde. Hij ook.

Geen overspel, geen minnaar, geen slippertje voor een keer. Nee, hij was ook verliefd.

Jasper begon stom te grinniken, alsof het een goede grap was. Zijn moeder en vader allebei verliefd, maar niet op elkaar. Of niet meer op elkaar. Geen overzicht dus, geen alarmbellen die afgaan. Jasper nam nog een hap en bleef grinniken.

'Op wie?' vroeg ik nonchalant.

'Op Angela.'

Mams begon te lachen, of te huilen. Er gebeurde iets op haar gezicht dat ik niet eerder had gezien. Te veel uitdrukkingen tegelijkertijd die allemaal iets wilden zeggen, maar bij elkaar niet veel meer zeiden dan wat ik al wist: ze was in de war.

'En wie is Angela?' probeerde ik wat orde in de chaos te brengen. Dat werd mams te veel. Ze barstte in tranen uit en rende van tafel. Alsof paps en Angela erger was dan zij en Flip. Jasper hield abrupt op met eten en grinniken. Hè, hè.

3

Het was halfelf. Ik lag met open ogen en een dof gevoel in mijn buik in bed toen paps binnenkwam. Hij
ging het mij eens haarfijn uitleggen. Maar omdat paps
zelf nauwelijks wist waar hij in terecht was gekomen,
werd er uiteindelijk niet zoveel uitgelegd.

Hij zei wel dat hij nog veel, erg veel van mams
hield, en mams ook van hem. En hij zei dat zo vaak
dat ik hem toch maar eens vroeg of dat dan betekende dat ze er allebei mee op zouden houden. Met Flip
en Angela.

Paps vond dat een heel zinnige vraag, waar hij desondanks geen antwoord op kon geven. Althans, nu
nog niet. Ik moest begrijpen dat hij namelijk over het
een en ander nog met mams moest praten. Want wat
mams wilde, was natuurlijk ook heel belangrijk. Je
moest het in dit soort zaken wel met elkaar eens zijn.
Zaken? Neuzen dezelfde kant op, horloges gelijkzetten enzovoort.

'En wie is Angela?' Paps begon te glimmen en stond
volgens mij op het punt om enthousiast over haar te

gaan vertellen, toen ik hem met een woeste blik duidelijk maakte dat dat wellicht toch niet zo verstandig was. Paps mocht mij eindeloos vertellen hoe geweldig mams was, maar meer ook niet.

Paps omhelsde mij onhandig, alsof-ie me een beetje begreep. Maar daar had ik niet zoveel aan.

'Waar ken je haar van?' begon ik.

'Van het werk.'

'Toch niet je secretaresse?' vroeg ik voor de zekerheid.

Want met zo'n verhaal kon je echt niet bij je vriendinnen aankomen.

'Nee, ze werkt op het lab.'

Het lab! Alsof dat indruk maakt.

'Is ze getrouwd?'

Paps knikte.

'Kinderen?'

Paps knikte.

'En wat vinden die ervan?'

Hij keek verschrikt op, en ik begreep onmiddellijk waarom. Niemand wist er tot een paar uur geleden van. Alsof het nu pas voor het eerst tot hem was doorgedrongen dat dit nieuws zich zou gaan verspreiden. Ik besefte dat hier een kans lag.

'Maar goed, als jij nou eerst zelf met die Angela stopt, dan…'

En de rest mocht-ie zelf invullen. Dat voor mams de lol er dan ook wel snel vanaf zou zijn. Paps keek op met een lege blik, alsof-ie het echt niet begreep. Toch maar even uitleggen.

Vergeten en vergeven, dus Angela en Flip eruit, en gewoon doorgaan alsof er niets aan de hand is. Ik dacht: ik doe er een royale glimlach bij om te benadrukken dat dit een mooie uitweg is.

'Was het maar zo eenvoudig, schat.'

Nou, het leek mij erg eenvoudig. Gewoon even drie gezinnetjes intact laten. Wel zo leuk voor de kinderen. Toch?

Paps keek mij vragend, bijna onbenullig aan.

''t Is maar hoe moeilijk je het wilt maken, hè?' probeerde ik nog.

Die kwam niet meer aan. Paps was ver weg, heel ver weg. Hij gaf me een aai over mijn hoofd en keek me beteuterd aan. Alsof hij het vreselijk vond dat dit allemaal was gebeurd maar dat hij er ook niks aan kon doen. Dat had-ie gedacht, ik kreeg ontzettend de pest in.

'Jullie dachten toch niet dat dit nooit zou uitkomen, hè?'

Dat klonk boos en verwijtend, en was precies zo bedoeld.

Hij liep naar de deur, schudde losjes van nee.

'Slaap lekker.'

Slaap lekker? Alsof ik een oog dicht zou doen.

Ik dacht dat mams ook nog wel zou komen, maar die kwam niet. Vreemd! Je kunt toch wel even bij je dochter langskomen na zo'n gebeurtenis? Oké, ze was in de war, maar misschien was ik ook wel in de war.

4

Het ontbijt was opgewekt. Ik wist niet of het opge-
wekter was dan anders, maar ik had waarschijnlijk
vreselijke stiltes en stroef gedoe verwacht, dus daarom leek het opgewekt.

Paps en mams praatten met elkaar. Over wat er in
de krant stond. Over hun werk. Over wie er bood-
schappen zou doen, over hoe laat ze thuis zouden zijn.
Jasper ontging het natuurlijk allemaal, maar ik dacht
even: die hebben een heel goed gesprek gehad, en ik
ben wakker geworden uit een boze droom.

Want laten we wel wezen. Ik kende mijn ouders
ook al vijftien jaar, maar ik had nog nooit het servies
door de kamer zien vliegen. Mijn vader en moeder
waren misschien geweldige acteurs, maar voor zover
ik het kon beoordelen hadden ze lol samen en hielden
ze van elkaar.

Dus dacht ik dat het allemaal wel mee zou vallen.
Dat het allemaal wel zou overwaaien, die verliefdhe-
den. Ze waren toch geen vijftien meer?

'We willen vanavond even met jullie praten,' zei
mijn vader opeens.

'Waarover?'

'Dat hoor je vanavond wel.'

'Waarom niet nu?' probeerde ik.

'Vanavond,' zei mijn vader streng.

'Een goed gesprek?' vroeg ik, een beetje plagerig.

Ze knikten allebei. Mijn vader iets meer dan mijn moeder. Geen goed teken. Ik wilde nog iets zeggen, maar ze begonnen opeens heel druk te doen. Jassen te pakken, mappen in koffertjes te stoppen, en te bellen. Altijd maar bellen. Ze zouden die mobieltjes moeten verbieden.

'Tot vanavond.'

En weg waren ze.

Jasper keek me vragend aan. Ik dacht: ik zeg niets.

'Waarover willen ze het dan hebben?' vroeg-ie.

Ik dacht nog maar een keer: ik zeg niets.

'Merel?'

'Weet ik veel.'

Gewoon negeren. Jasper nu niet ineens op de verkeerde ideeën brengen. Die jongen was pas twaalf en had geen overzicht.

'Gaan ze scheiden?'

Ik schrok. Beetje naïef, beetje gespeeld naïef. Rotwoord ook: scheiden. Jasper viel me mee, toch wel een soort van overzicht?

'Hoe kom je daar nou bij?'

'Ik denk het wel,' zei hij somber.

Scheiden?

Jasper knikte en liep weg.

'Hé!'

Jasper keek om.

'Ze gaan niet scheiden, hoor,' zei ik.

Gewoon om de moed erin te houden. Jasper reageerde niet en liep de deur uit.

'Ze vinden er wel wat op,' riep ik hem na.

Ik zou niet weten wat, maar dat was van later zorg.

Ze vinden er wel wat op! Dat klonk toch best goed? Waar heb je anders een grote zus voor? Door wie moet je anders een beetje gerustgesteld worden?

En met die gedachten werd het nog best een redelijke dag. Soms dacht ik er zelfs even niet aan, soms kon ik aan niks anders denken. Scheiden? Nee toch?

Maar wat was die dag lang! Alsof het nooit avond zou worden, maar dat werd het natuurlijk wel. Tijd voor een goed gesprek.

Een goed gesprek betekende doorgaans toestemmen in iets wat we niet wilden. Want we waren wel jong, maar niet achterlijk. Dus ik had eigenlijk helemaal geen zin in een goed gesprek, want elk goed gesprek werd uiteindelijk een slecht gesprek.

5

We gingen aan tafel voor de net bezorgde Thai. Paps en mams zichtbaar gespannen. Jasper was nerveus en ik een beetje laconiek. Alsof ik hoopte dat het allemaal nog reuze kon meevallen.

Het begon met een onzinnige afleidingsmanoeuvre. Hoe het op school was geweest. Ze vroegen het wel eens, niet al te vaak, maar vandaag lag het er wel erg dik bovenop.

Jasper was het type sukkel dat daar dan ook antwoord op ging geven. Alsof-ie dacht dat ze dat opeens echt wilden weten. Uitgebreid antwoord geven zelfs, ondertussen al mijn woeste blikken negerend. Ik begon m'n geduld te verliezen.

'Tijd voor een goed gesprek?'

Er viel een stilte. Mijn ouders keken elkaar aan alsof ze nog moesten afspreken wie er zou beginnen. Als in een slechte theatervoorstelling, schraapte paps zijn keel. Mams gooide er nog maar eens een glas wijn in. Twee nerveuze ouders, beetje vreemd. Zouden Jasper en ik niet nerveus moeten zijn?

'Merel… Jasper,' zei paps. 'Jullie moeder en ik hebben besloten dat het beter zou zijn…'

Mijn vader keek mijn moeder aan, die een gezicht trok alsof ze op het laatste moment de tekst wilde wijzigen. Maar toen ze zag dat Jasper en ik haar vragend aankeken, sloeg ze haar ogen neer en kon mijn vader doorgaan.

Maar dat deed-ie niet. Weer gekuch, wat had die het moeilijk met zichzelf. Om aan de ondraaglijke stilte een einde te maken, begon ik zelf maar.

'Jullie gaan toch niet scheiden?'

Verschrikte blikken, alsof ik iets vreselijks had gesuggereerd. Dat gaf toch even hoop.

Toen weer een stilte. Twee zwijgzame, ietwat onhandige ouders. Verlegen zelfs, dat hadden we nog nooit gezien. Ze keken elkaar weer aan, allebei met onbestemde blik, alsof ze er echt nog over aan het nadenken waren.

Weer een stilte. Ik werd er gek van. Vond dat ik m'n best had gedaan. Nu maar eens afwachten wie er het eerst wat zou zeggen. Ik hoefde niet zo lang te wachten.

'Ja,' zei mijn vader. 'We gaan scheiden.'

Dat was eruit. Paps keek erbij alsof hij zojuist iets belangrijks had verricht, iets groots had gezegd. Dat had-ie trouwens ook. Hij had net z'n gezinnetje opgeblazen. Je bent niet voor niks 'voorzitter van de club van niet-ambitieuze ouders', dacht ik nog.

'Het spijt ons.'

Paps keek mij aan alsof hij nu troost verwachtte. Alsof ik een arm om hem heen zou slaan en iets zou zeggen als: 'Trek het je niet aan, veel geluk met Angela. Jasper en ik redden ons wel.'

Weer een stilte. Paps zat er opmerkelijk rustig bij.

Hij had z'n zegje gedaan en begon te eten. Vreemde figuur eigenlijk. En mams? Die wilde ook iets kwijt.

'Luister, jongens, jullie vader en ik hebben het geprobeerd met elkaar, maar we kunnen elkaar niet echt gelukkig maken. En daarom hopen we dat het met iemand anders wel lukt. En als wij gelukkig zijn, dan zijn jullie het ook.'

O ja? Dat had ze gedacht, die troela.

Zij gelukkig, en wij ook. Kon dat niet omgekeerd: wij gelukkig, en zij ook? Wat was dat voor rare egoïstische redenering? Alsof mijn vader mijn gedachten kon lezen, begon hij de woorden van mijn moeder te verduidelijken. Nou ja, verduidelijken...

'Wat mama bedoelt is dat wij denken dat het niet goed voor jullie is om bij twee ouders te wonen die niet meer van elkaar, maar van iemand anders houden.'

Dat ouders voor je denken, is tot daaraan toe. En dat dat volgens de wet ook moet totdat je achttien jaar bent, zal ook wel zijn reden hebben. Maar dat wij echt moesten denken dat het voor ons beter zou zijn dat zij voortaan van iemand anders houden dan van elkaar?

Stelletje oplichters!

6

Natuurlijk kwam er later weer een goed gesprek. Paps en mams waren allebei rustig en begrijpend en het ging niet over hen maar over ons. Veel geruststellende gedachten, allemaal clichés. Dat ze altijd onze ouders zouden blijven, dat ons belang altijd op de eerste plaats zou blijven staan. En nog veel meer van die goedbedoelde onzin die ik uit mijn geheugen heb gewist.

Jasper had blijkbaar meer aan de troostende woorden dan ik en liet zich uitgebreid omhelzen en knuffelen door mams. Ik bleef op een ongenaakbare afstand toen ze met mij hetzelfde wilde doen.

Mijn ouders wekten de indruk alsof de zaken waren afgehandeld. Alsof de scheiding nu al een voldongen feit was. Dat vond ik toch wat snel gaan, want ik had nog hoge verwachtingen van vrienden, opa's, oma's, tantes en ooms, kortom, de omgeving. Dat die het er dus niet mee eens zouden zijn, van verbazing zouden omvallen, het huwelijk kwamen redden en daarmee ons gezin. Ik keek uit naar lange avonden waarop ze er schande van zouden spreken, dat ze paps en mams nooit meer wilden zien als ze gingen scheiden. Ik wist niet of dat echt een reële gedachte was, maar ik wilde het wel graag geloven.

En natuurlijk, ze kwamen allemaal langs op lange avonden, en wij waren erbij. Dat wil zeggen: we liepen rond, keken televisie in de huiskamer in plaats van op onze eigen kamer. Jasper vond dat stom, maar ik wist zeker dat we hier geen seconde van konden, van móchten missen.

En natuurlijk: er werd lang gepraat en veel gedronken. Maar geen ruzies, geen emotioneel gedoe; het leek alsof iedereen zich er zomaar bij neerlegde. Toch maar eens vragen hoe dat zat. Aan oma bijvoorbeeld. Die was al zo oud, die had vast en zeker verstand van de liefde.

Maar oma vertelde dat ze te lang met opa was getrouwd. Dus oma dacht dat haar mening daarom niet zo belangrijk was, want daar werd toch niet naar geluisterd.

Tante Ada had op een avond een gezicht dat op onweer stond – een hoopvol teken. Maar tante Ada was boos over iets wat op haar werk was gebeurd, en de boodschap werd mij opeens heel duidelijk: mijn ouders gingen scheiden en voor iedereen ging het leven gewoon door. Ook voor ons. Of overdreef ik nu?

Later kwam er nog een vriend van paps langs, beetje een foute man. Niet goed uit te leggen, maar op mijn leeftijd heb je al wel een idee van een foute man.

Maar de foute man verraste me toen ik hem opeens hoorde zeggen: 'En hoe zijn de kinderen eronder?'

Een interessante vraag. Wat zouden ze daar nou eens op zeggen, want ze hadden het ons in ieder geval nog niet gevraagd.

Mijn ouders zochten me even op met hun blikken. Knikten me een beetje stom toe; of ik die vraag zelf niet beter kon beantwoorden. Nee hoor, laat maar horen, ik was reuzebenieuwd.

'Ach, kinderen zijn flexibel', of: 'Kinderen kunnen meer aan dan ze denken', of: 'Voor de kinderen is het ook beter zo.' Kies er maar een. Al die antwoorden zouden me razend hebben gemaakt, maar mijn moeder had nog iets veel mooiers bedacht. Wat nog niet wil zeggen dat ze er ook over had nagedacht.

'Ach, hun leventje gaat ook gewoon door,' zei ze.

Ze lachte me geruststellend toe. Alsof het allemaal goed was. Alsof er eigenlijk helemaal niks aan de hand was. Alsof we er eigenlijk allemaal op vooruit waren gegaan. Ik overdreef dus niet.

Hoezo mijn leventje gaat gewoon door? Dat leventje met paps en mams en Jasper in een huis ging helemaal niet door. Dus welk leventje ging er dan eigenlijk wél door? Dat van haar ja, en dat van paps! Nou als aan het mij lag, ging ons leventje ook gewoon door.

Ik sleurde Jasper mee naar mijn kamer.

'Wat doe je nou?'

'Kop dicht!'

En nu tijd voor een echt goed gesprek.

7

Ik had maar één broer, en daar moet je zuinig op zijn, vonden mijn vader en moeder. Nooit echt zo bij stilgestaan, want zoveel had ik nou ook niet aan hem. Maar vanaf vandaag ging ik heel zuinig op Jasper zijn, want veel meer had ik niet om zuinig op te zijn.

Maar die goede bedoeling maakte een gesprek er met hem niet makkelijker op, laat staan een goed gesprek. Want Jasper was twaalf en een jongen, en ik was een meisje en vijftien. Dat scheelde maar drie jaar, maar volgens de biologieleraar wel zes. In mijn voordeel.

Jasper had geen zin in een gesprek. Hij wist duidelijk niet wat er komen ging; dat zou ik hem eerst even uitleggen.

'Die twee huizen, en weekendregelingen en stiefbroertjes en -zusjes, dat is dus vreselijk.'

Jasper keek onnozel. Hij begreep het blijkbaar echt niet.

'Dus dat scheiden gaat niet door,' zei ik overmoedig.

Daar keek hij van op, bijna gelukkig, met een brede glimlach. Maar die duurde niet lang, want hij wist toch echt heel zeker dat de scheiding gewoon wél doorging.

'Als wij het niet willen, gebeurt het niet. Zo simpel is het.'

Dat klonk strijdbaar, en ik meende het ook. Ik had geen flauw idee hoe we dat nou eens voor elkaar zouden krijgen. Maar goed, daar was nog alle tijd voor.

'Dus ze gaan niet scheiden?' vroeg Jasper.

'Niet als wij het weten te voorkomen.'

Jasper knikte weer, nu bedachtzaam, alsof hij eindelijk over de situatie begon na te denken. En ik ook. Een scheiding voorkomen, waarom ook niet? Dat was weer eens iets anders dan er gewoon maar mee instemmen.

'Hoe dan?'

Goede vraag, waarop geen eenvoudig antwoord te geven was. Eerst maar even het goede voornemen vasthouden. We gingen een scheiding voorkomen, een scheiding saboteren, rivalen uit de weg ruimen, een huwelijk repareren, het grote geluk herstellen.

Alhoewel. Ik had nog nooit over het huwelijk van mijn ouders nagedacht. Of ze wel bij elkaar pasten, of ze van elkaar hielden. Misschien was het goed om daar nu eens wel over na te denken, of juist niet. Misschien was het wel veel beter om daar helemaal niet over na te denken, en alleen aan onszelf.

'Maar als ze niet meer van elkaar houden…'

Rotjoch!

'Natuurlijk houden ze van elkaar.'

Jasper keek zuinig. Oké, waarschijnlijk wilde ik het graag zo zien: dat ze van elkaar hielden. Maar wat was daarop tegen?

'Vroeger misschien,' ging hij door.

'Ben je gek! Ze houden nog steeds van elkaar, alleen zijn ze dat een beetje vergeten.'

Dat vond ik geen onlogische gedachte.

'Maar ze houden van iemand anders!'

'Ze zijn verliefd,' zei ik.

'Da's toch hetzelfde?'

Met Jasper was echt geen goed gesprek te voeren. Die moest zelf niet denken, dat kon hij beter aan mij overlaten. Daar heb je ook een oudere zus voor. Goed, even mijn strenge blik.

'Jasper, wil jij dat paps en mams bij elkaar blijven?'

Jasper knikte. Jasper knikte wel erg vaak.

'Dan doe je vanaf nu wat ik zeg, en dan beloof ik je dat het allemaal goed komt.'

'Oké.'

Dat was weer eens anders dan een knikkende Jasper. Er was eenheid, nu nog een plan. Liefst een goed plan, een heel goed plan, want belofte maakt schuld. Maar hoe kom je aan een goed plan?

8

Ik kon nogal eens wispelturig zijn. Maar wat ik Jasper zo overmoedig had beloofd, meende ik echt. Ik zou ervoor zorgen dat de scheiding niet doorging. Althans, ik zou het tenminste proberen. En misschien bewees ik paps en mams wel een enorme dienst, zouden ze me later dankbaar zijn dat ik hun huwelijk had gered. Dus nu had ik alleen nog een plan nodig.

M'n moeder had ooit gezegd dat zij haar beste plannen in bed bedacht. Ik moest toch maar eens vragen hoe ze dat deed, want het viel mij behoorlijk tegen.

Ik kreeg wel veel ideeën maar vooral veel gewone ideeën. En een idee is nog geen plan, laat staan een goed plan. Veel verder dan een hongerstaking, niet meer naar school gaan, Flip aanrijden of Angela vergiftigen kwam ik niet.

Het waren allemaal niet alleen kinderachtige maar ook een beetje flauwe ideeën. Dus ik dacht: geen tijd meer verdoen aan stomme ideetjes maar rechtstreeks naar een plan. En dan niet een goed plan, maar een geniaal plan, want voor minder deed ik het niet.

Het woord 'geniaal' benauwde me wel. Natuurlijk, ik zat op het vwo. Ik had dus een bovengemiddeld verstand, maar ik was in niets echt goed of geniaal. Ik was ondanks mijn bovengemiddelde verstand eigenlijk heel gewoon.

Er gingen nachten voorbij dat ik een beetje stom wakker lag, maar zonder dat het geniale plan langskwam. Ik bleef maar hangen in mijn kinderachtige, flauwe ideetjes. En daar lag ik dan wel weer echt van wakker.

Verdomme, ik kon toch wel iets bedenken? Dus dacht ik er toch maar iets langer over na om niet meer naar school te gaan. Dat zouden mijn ouders niet leuk vinden, ambitieus als ze waren. Maar daar zou ik ook onder lijden. Stel, dat ik het drie maanden zou volhouden. Dan zou ik blijven zitten en al mijn vriendinnen kwijtraken. Geen goed plan dus.

Ik was klaarwakker. Ik stond op om naar beneden te gaan en iets te drinken toen ik rumoer hoorde uit de slaapkamer van mijn ouders. Ruzie, of werd het daar in een handomdraai goedgemaakt?

Er werden verwijten gemaakt, vreemde verwijten, voor de hand liggende verwijten. Paps boos op mams: 'Hoe haal je het in je hoofd?' Mams boos op paps: 'Hoe haal je het in je hoofd?' Daar zou ik me graag in mengen met dezelfde vraag: 'Hoe halen jullie het in je hoofd?'

Ik liep verder de trap af, hoorde de stemverheffingen. Dichtbij en ergens ook verder weg dan ooit. Mijn ouders waren mijn ouders, maar niet meer de ouders die ik had gekend.

Natuurlijk, ik had een paps, en ik had een mams. Maar dat was toch iets anders dan paps en mams.

Jasper zat in de keuken. Hij dronk een blikje cola en keek verdrietig.

'Kun je niet slapen?'

Hij keek weg.

'Ze hebben ruzie,' zei ik. 'Maar misschien maken ze het wel goed.'

Jasper reageerde niet.

'Dat gaat vaak zo, hoor,' ging ik door. 'Eerst ruzie-maken, en het dan gewoon weer bijleggen.'

Ik zei maar wat, om de stilte een beetje op te vullen. Ik wilde net hardop een nieuw plan aan hem voorleggen: weglopen! Dat leek me wel eenvoudig en doeltreffend. Dan zouden paps en mams in zo'n programma komen waarin ze een dramatisch beroep op ons doen: of we alsjeblieft terug naar huis zouden willen komen.

Ik keek om en zag dat Jasper zachtjes zat te huilen. Ik schrok een beetje. Ongemakkelijke situatie. Ik sloeg aarzelend een arm om hem heen. Dat had ik nog nooit gedaan, mijn kleine broertje getroost. Voelde goed, bijna vertrouwd, wat vreemd is als je iets nog nooit hebt gedaan.

'Komt goed.'

Ik moest toch iets zeggen om de stemming erin te houden.

'Had ik maar nooit gezien dat mams en Flip...'

Arme jongen.

'Het was toch wel uitgekomen, Jasper, het is niet jouw schuld.'

'Maar als ik nou gewoon dat lunchpakket...'

Ik trok hem tegen me aan, sprak wat sussende woorden. Dat deed hem goed. Hij veegde zijn betraande gezicht droog met de mouw van zijn pyjama.

Het geniale plan werd echt noodzaak. Een eerste helpende hand kwam uit onverwachte hoek. Nee, eerder uit de voor de hand liggende hoek.

9

Paps en mams dachten niet dat ze de scheiding zelf in goede banen konden leiden, dus hadden ze dat uitbesteed. Het is niet helemaal eerlijk om het zo cynisch te stellen, want vaak genoeg deden Jasper en ik er ook ons voordeel mee. Dat paps en mams het financieel nogal ruim hadden.

De oplossing voor ons probleem noemde zich Pim. Hij was psycholoog, en gespecialiseerd in kinderen en echtscheidingen, alsof die categorieën naadloos in elkaar overgingen.

Pim was aanbevolen door een bevriend stel dat er net een modelechtscheiding op had zitten. Dat wil zeggen, ze hadden in harmonie hun kinderen in de nieuwe gezinnetjes ondergebracht. Dankzij Pim. Ongelooflijk! Want als je niet wist dat hij psycholoog was, zou je denken dat hij de daklozenkrant verkocht.

Tijdens de kennismaking begon Pim aan een verhaal dat iets weg had van een sprookje. Van 'er was eens', en dan ergens halverwege een variant van 'de boze wolf en de gemene heks', pijlsnel door naar 'en

37

ze leefden nog lang en gelukkig'.

'Maar zover zijn we nog natuurlijk niet,' voegde Pim eraan toe. Dat had hij goed gezien, heel goed gezien.

Pim praatte op een toontje dat mij helemaal niet beviel. En hij gebruikte woorden en maakte zinnen die pijn deden aan je oren. Hij had het bijvoorbeeld over 'een natuurlijk stuk verzet naar een nieuwe situatie toe'. Mijn ouders knikten braaf toen Pim dit monster uit zijn mond liet ontsnappen. Hij trok er een gezicht bij alsof hij net het ei van Columbus had uitgevonden. Tijd om het hem maar eens moeilijk te maken.

'Met "natuurlijk" bedoelt u eigenlijk dat het heel normaal is?' opende ik de vijandelijkheden.

'Je, zeg je, Merel. En ik heet Pim. "U"... schept zo'n afstand.'

Dat had Pim heel goed begrepen, en die afstand zou wat mij betreft alleen nog maar groter worden. Hoewel, boos maakt dom, en ik was toch slim? Dat vond ik zelf tenminste. Een plannetje?

Want als we het Pim nou eens heel erg moeilijk zouden maken, zo moeilijk dat hij ergens halverwege zou afhaken met de boodschap aan mijn ouders dat ze nog maar eens heel hard moesten nadenken over die scheiding? Dan was Pim wat mij betreft zijn geld ruimschoots waard geweest. Dus niet lullig doen, gewoon jouwen en Pimmen.

'Wat ik bedoel, Pim...'

Pim produceerde de beste glimlach die hij in huis had. Dat had-ie toch maar mooi voor elkaar gekregen, zag ik hem denken.

'Met "een natuurlijk stuk verzet" bedoel je...'

'Kijk, Merel...'

38

'Sorry, Pim, ik was nog niet klaar.'

Korte stilte. We gingen er eens goed voor zitten.

'...dat het natuurlijk is dat Jasper en ik ons verzetten tegen de scheiding, hoewel we ons nog helemaal niet hebben verzet. Dus in welke fase zitten we nu dan?'

'Die van de ontkenning,' vulde mijn moeder aan.

Pim keek haar aan met een blik van 'wilt u niet op mijn terrein komen?'

Mijn moeder vond dat ze iets moest rechtzetten, en deed dat op haar bekende wijze: door iets te zeggen waarmee ze het alleen maar erger maakte.

'Ik ook, hoor. Ik ook.'

We keken haar nu allemaal vragend aan.

'Ik voel ook een stuk ontkenning.'

Ze keek er geraakt bij, alsof een stuk ontkenning een aandoening was die je maar beter niet onder de leden kon hebben. Tijd voor een loze opmerking, tijd voor Pim.

'Ik denk dat we allemaal in het begin met een stuk ontkenning zitten. Bang om iets te verlaten, bang om iets nieuws te beginnen.'

Ondertussen zat ik me te verbijten. De bijdrage van mijn moeder had me ontzettend pissig gemaakt. Hoezo, zij zit ook met een stuk ontkenning? Wat nou, vermoorde onschuld spelen? Doe volwassen, mens, ontken Flip, en Pim kan weer een straatje verder. Maar zover was mams nog niet. En als het aan Pim lag zou mams ook nooit zover komen, want daar werd Pim niet voor betaald. Maar daar zou hij nog spijt van krijgen. Reken maar!

10

We gingen vaak naar Pim. Een beetje té vaak, alsof we erg veel haast hadden met de scheiding. En hij ratelde altijd maar door op dat hinderlijk opgewekte sprookjestoontje. Ik zag dat Jasper nooit luisterde. Ik zag dat mijn vader met z'n gedachten heel ergens anders was. Ik zag dat mijn moeder vooral met zichzelf overhooplag. Die knikte veel als Pim orakelde, maar er kwam waarschijnlijk geen woord aan. Bleven over Pim en ik.

Hij zat weer eens op zijn praatstoel, en zo te zien zou hij daar voorlopig ook niet vanaf komen. Dus maar eens even een flinke kei in Pims rimpelloze vijvertje gooien.

'Pim!'

Hij keek verstoord op.

'Misschien een heel rare vraag.'

'Daar ben ik voor.'

Nou, dat zouden we nog wel eens zien.

'Stel dat het nou gewoon niet lukt, zo'n scheiding.'

Ik had onmiddellijk zijn aandacht.

'Hoezo?'

'Nou gewoon, het lukt niet. Weet ik veel. Er gaat toch wel eens een scheiding niet door?'

Pim overlegde even met m'n ouders door hun een vragende blik toe te werpen waarop geen reactie kwam.

'Ik denk, Merel, dat we in dit geval niet op die koers liggen.'

'Maar wat moet er zoal gebeuren willen we opeens wél op die koers komen te liggen?'

Pim was even de kluts kwijt en had een noodgreep nodig om de regie weer over te nemen.

'Heel goed, Merel. Kijk, dit bedoel ik dus met een natuurlijk stuk verzet naar een nieuwe situatie toe. En dat gaat natuurlijk ook met een gevoel van woede gepaard naar je ouders toe. En dat kun je alleen onderkennen, en afsluiten, als je het kunt benoemen.'

Pim nodigde mij uit tot een gevoel van woede naar mijn ouders toe? Waar bemoeide hij zich eigenlijk mee? Natuurlijk was ik woedend, en dat zouden ze nog wel merken ook. Maar niet omdat Pim het zei.

'Zou jij over die woede willen praten, Merel?'

Niet dus.

'Ik kan een beginnetje maken, als je wilt.'

Hoezo een beginnetje? Vertrouwde hij mij zelfs niet toe dat ik op eigen kracht woedend kon worden?

''t Is ook niet eenvoudig, dat begrijp ik best.'

'Misschien iets om in gezinsverband te oefenen,' zei Pim tegen mijn ouders.

Ze knikten gedachteloos.

O ja? Misschien kunnen we in gezinsverband eens oefenen hoe we weer een leuk gezinnetje kunnen worden? Misschien moet Pim paps en mams dan eerst maar eens leren hoe ze hun huwelijk kunnen redden.

'Doe jij ook relatietherapie?' vroeg ik.

Zo, dat was tenminste een keer gezegd. Pim keek glazig, mijn ouders keken weg. Oké, duidelijk. Niet even je best doen om toch nog iets van dat huwelijk te maken. We zaten in een 'nieuwe situatie'.

Ik keek naar Pim die me toelachte. Of er iets te lachen viel. Wat een geweldige lul eigenlijk, wat een vreselijke praatjesmaker. Wat een zak hooi, die Pim.

'Nee.'

'Wat nee, Merel?'

'Ik wil het er niet over hebben.'

Pim trok een ernstig gezicht. En ik dacht: voordat er weer zo'n belabberde woordenstroom op mij neerdaalt, zal ik hem geruststellen.

'Maar ik zal er wel wat mee doen.'

Pim straalde als een kind dat net een lolly had gekregen. En ik wist onmiddellijk wat ik met dat gevoel van woede zou doen.

11

We zaten aan tafel toen ik mijn eerste sigaret opstak. Grote ogen, verbaasde blikken en gegiechel van Jasper. Onder normale omstandigheden was ik hier nooit mee weggekomen. Maar dat de verhoudingen toch wat anders lagen dan vroeger, was wel duidelijk.

Mijn moeder dacht volgens mij aan een gevoel van woede naar haar toe. Niet goed gezien, want het was een stuk pesterij naar haar toe.

Mijn vader blies de rook van mijn sigaret demonstratief in mijn gezicht en griste toen het pakje sigaretten van tafel.

'In dit huis wordt niet gerookt.'

Ik stak mijn hand uit. Teruggeven!

'Heb je me gehoord?'

Ik vouwde m'n hand open. Jasper genoot en mams werd zenuwachtig.

'Zullen we niet eerst aan Merel vragen waarom ze rookt, Sjors?'

Dat vond ik sympathiek van haar. Onnozel maar sympathiek. Maar mijn vader wekte helemaal niet de indruk dat hij belangstelling had voor het antwoord op die vraag.

'Omdat ze zenuwachtig is,' zei Jasper.

Die Jasper. Deed anders nooit een bek open.

'Prima, maar dat is nog geen reden om te gaan roken.'

Hoezo prima? Wat was er zo prima aan dat ik zenuwachtig was? Mijn vader haalde de sigaretten uit het pakje, vouwde ze in zijn hand en kneep ze kapot. Mooi gebaar van een tragische held. Ik stond op.

'Waar ga je naartoe?'

'Nieuw pakje kopen, natuurlijk.'

Ik liep weg. Paps stond op, pakte me bij mijn schouder vast. Ik keek naar zijn hand. Loslaten. Nu!

'Kunnen we hierover praten?'

Een onverwachte wending. Ik zei al: de verhoudingen waren veranderd. Hij wilde praten. Had-ie vroeger nooit gewild. Ik liep braaf achter hem aan, ging aan tafel zitten.

'Ik vind toch dat we veel meer moeten praten,' viel mijn moeder maar weer eens onhandig in.

'Waarover?' vroeg ik.

'Nou ja, over de situatie en zo.'

'We zouden het over Merels roken hebben,' trok paps het gesprek recht.

'Kan ook,' zei mijn moeder.

Ze was niet meer zo in de war als eerst, maar slimmer was ze er zeker niet op geworden.

'Merel, ik kan het me in mijn positie niet veroorloven om een rokende dochter te hebben.'

Paps was longarts, vandaar.

'Alsof je patiënten weten dat ik rook.'

'Daar gaat het niet om.'

Slappe opmerking. Waar gaat het dan wel om? Ja,

46

dat je het goede voorbeeld moet geven. Dat een long-arts beter geen rokende kinderen kan hebben, of zijn patiënten liever niet ontvangt met een sigaret in de mondhoek. Allemaal logisch, maar toen zei hij iets doms.

'Als arts heb je, met je gezin, toch een voorbeeld-functie. Of ze je nu kennen of niet, het gaat om je ge-loofwaardigheid.'

Ik dacht: ik kop hem even in. En dat voor een hoc-keymeisje.

'O, en als echtgenoot en vader heb je géén voor-beeldfunctie?'

Paps zweeg. Een vermoeide, geërgerde blik. Ik dacht nog: nu komt het. De grote, ultieme vader-dochterruzie. Maar helemaal niks, geen woord zelfs. Niet omdat hij het me eens was of omdat ik hem doel-treffend het zwijgen had opgelegd, maar omdat hij uiteindelijk natuurlijk toch geen zin had in een dis-cussie of gesprek. Wat hem betreft zouden we deze scheiding woordloos afdoen.

Mams was uitgever bij een groot weekbladencon-cern. Ze stuurde wel honderd man aan. Zouden de scheiding en haar voorbeeldfunctie ook problemen opleveren voor haar functioneren? Blijkbaar niet, want ze zweeg.

Ik liep weg.

'Wat ga je doen, Merel?' vroeg mijn moeder.

'Sigaretten kopen,' zei Jasper droog.

Hij had soms wel humor.

Dat nieuwe pakje heb ik overigens nooit gekocht.

12

Eén op de drie huwelijken sneuvelt, en in twee derde van de gevallen zijn er kinderen bij betrokken. Zeggen de statistieken. Maar niet bij ons, niet waar wij woonden, niet bij mij of Jasper in de klas. Daar golden blijkbaar heel andere statistieken. Daar bleef iedereen keurig getrouwd, of ze nou wilden of niet. Echtscheiding? No way!

Het is nooit leuk om tot een minderheid te behoren, maar het wordt wel heel droef als je in je eentje – nou ja, met z'n tweeën – de minderheid vormt. Dus mondje dicht voorlopig. Alles was nog mogelijk, hield ik mezelf hoopvol voor.

Jasper en ik gingen ondertussen gewoon naar school. Je kunt per slot van rekening moeilijk thuisblijven omdat je ouders gaan scheiden. Je kunt er ziek van zijn maar je moet toch vooral flink doen. Dus probeerde ik zo gewoon mogelijk te doen. Maar ik probeerde waarschijnlijk zo ontzettend gewoon te doen dat ik, zonder dat ik er zelf erg in had, best ongewoon begon over te komen.

'Is er wat?' vroeg Lisanne me opeens in de pauze.

'Wat zou er moeten zijn?'

'Ik weet niet, je doet zo…'

'Zo wat?'

'Vreemd, gespannen.'

Vijf seconden om te beslissen. Wordt ze deelgenoot, medestrijder? Gaat ze me goede raad geven, helpt ze me hierdoorheen? Mag ik bij haar uithuilen, haar altijd bellen als het me te veel wordt?

'Mijn ouders gaan scheiden.'

Lisanne keek me aan.

'Waarom?' vroeg ze.

'Ze hebben allebei een ander.'

'Verliefd?'

'En in de war.'

'En nu?'

'We hebben een psycholoog die…'

'Nee, bij wie ga je wonen?'

Dit dreigde een wel erg zakelijk gesprek te worden. Er was wat emotie nodig.

'Ik vind het heel erg,' vatte ik het bondig samen.

Lisanne keek me aan. Ze omhelsde me kort.

'Het komt wel goed,' zei Lisanne.

Dat was goed bedoeld, maar hoe moest het ooit goed komen? Ik wilde haar nog zeggen dat we het eigenlijk niet pikten. Maar ik dacht dat ze dan zou gaan lachen, dus zei ik maar niks.

Lisanne zou zwijgen als het graf, voor zover dat zin had. We hadden natuurlijk Guido nog, de beste vriend van Jasper, en hoe veilig was ons geheim daar?

Wat tot de onmiddellijke conclusie leidde dat ik er helemaal niet geheimzinnig over moest doen, maar dat de hele school het mocht weten.

En wie weet hoe ik daar mijn voordeel mee zou

gaan doen. Bezorgde rector, gealarmeerde conrector. Bemoeizieke leraren die met keiharde bewijzen in hun hand mijn ouders wel eens duidelijk zouden maken dat je van een scheiding niet per se dom werd, maar dat de gang van vwo naar havo wel heel waarschijnlijk was. En laten we dan een degradatie naar het vmbo ook niet uitsluiten.

Ik kreeg iets roekeloos over me. Ik wilde het eigenlijk wel van de daken schreeuwen, maar het werd geschiedenis. Bij meneer Gans, die elke les begon met 'het nieuws van de dag'.

De bedoeling was dat je met een nieuwsfeit kwam, en dat dan in een historisch perspectief kon plaatsen. Ik stak mijn vinger op. Ja, ik had wel wat. Oké, jongens, stoelriemen vast, hier komt-ie.

'Mijn ouders gaan scheiden, en het historisch perspectief is dat...'

Dat ze zeventien jaar geleden waren getrouwd en toen zeker niet van plan waren om te scheiden? Is dat een historisch perspectief? Ik wist het even niet meer.

Meneer Gans reikte mij de hand, een vreemde hand.

'Het historisch perspectief is dat het totaal aantal echtscheidingen onder invloed van de aanwas van nieuwe Nederlanders zal afnemen, omdat echtscheiding in een aantal culturen niet of nauwelijks voorkomt.'

Dank u wel, meneer Gans. Ik begreep er niets van.

De klas werd er niet warm of koud van. Toch luchtte het wel op, en gaf het ook een bijzonder gevoel. Het eerste kind van gescheiden ouders in de klas: ik was opeens iemand! Maar ik was er niet trots op.

13

Pim had er inmiddels tien sessies op zitten, dus was hij toe aan een eerste evaluatie. De tussenstand, zeg maar: de ruststand, want Pim had beloofd dat het in twintig sessies wel gepiept zou zijn.

Pim was zeer tevreden. Hij bespeurde ondanks alles nog veel harmonie in ons gezin. Dat waren paps en mams natuurlijk roerend met hem eens. Jasper had uiteraard geen mening, die was pas twaalf, en ik hield nog even mijn mond. Want nu kwam de evaluatie per gezinslid.

Lovende woorden voor paps en mams, die volgens Pim een stabiele basis hadden gelegd voor een nieuwe situatie. Lovende woorden voor Jasper, die zich ondanks zijn jonge leeftijd heel stabiel had getoond in dit proces. Pim keek mij aan, hij glimlachte. Een beetje een wanhopige glimlach, zoals de daklozen mij altijd aankeken voor de ingang van de Albert Heijn: gaat ze m'n krantje kopen of niet? En gaat ze er dan precies voor betalen wat het kost, of misschien iets meer? Ik dacht nog: misschien was Pim wel dakloos geweest voordat hij psycholoog werd.

'Merel, ik...'

Tijd voor de aanval, want ik had geen zin in lovende woorden van Pim over mij. We moesten maar eens heel snel van stabiel naar labiel gaan.

'Hoe weet jij dat over Jasper?'

Vond-ie niet leuk, dat zag ik onmiddellijk.

'Jasper heeft geen woord gezegd, dus hoe kun jij nou weten hoe stabiel Jasper is?'

Vond-ie nog veel minder leuk. Pim viel ineens uit zijn rol. De goedmoedigheid of onnozelheid sleet opeens snel. Pim keek pissig.

'Luister eens, Merel, ik heb heel veel jongens als Jasper begeleid, en ik herken onmiddellijk of...'

'Heb je wel eens gevraagd of hij 's nachts huilt? Of hij 's nachts bij mij op mijn kamer komt, en vraagt of-ie bij mij in bed mag slapen omdat-ie bang is?'

Pim ging van pissig naar bozig.

Jasper keek mij ook geërgerd aan. Ja, hij had een keer bij mij gehuild, uit schuldgevoel omdat hij mijn moeder in bed had betrapt met Flip. Maar hij was nooit op mijn kamer gekomen. Sterker nog: Jasper praatte nauwelijks over de scheiding.

Pim voelde dat dit de verkeerde kant op ging. Hij ontweek het antwoord en keek met een ernstig gezicht naar mijn ouders.

'Sjors. Bibi. Ik proef hier een stuk twijfel, wat mijn werk er niet makkelijker op maakt. Ik denk zelfs...'

Schepje erbovenop, dacht ik, want Pim was volkomen onbruikbaar gebleken voor mijn plannetje. Die zat al tien sessies lang met veel enthousiasme een scheiding te regelen. Die zou nooit partij voor ons kiezen.

'Daar heb je helemaal gelijk in. Ik proef namelijk

een enorm stuk twijfel over wat jij hier eigenlijk zit te doen, want naar mijn idee zijn we nog geen flikker opgeschoten.'

'Merel toch!'

Mijn vader schoot opeens wakker. Veel geknik, veel ge-ja, veel ge-nee, maar weinig bijdragen aan de sessies. Maar nu opeens de gezinseer verdedigen, want schelden, dat kon echt niet.

'Sorry, maar ik doe niet meer mee.'

Mijn moeder schoot me onmiddellijk te hulp, geheel onverwacht.

'Ik denk dat er goed werk is verricht, maar ik vind wel dat we ons allemaal happy moeten voelen met jou, en jouw aanpak, dus als...'

En toen werd Pim zomaar afgeserveerd, bedankt voor bewezen diensten. Mams leek weer even op iemand die honderd mensen aanstuurt en er één ontslaat. En dat deed ze snel en heel overtuigend. Dank je, mams. Ze leek opeens helemaal niet meer in de war.

Pim reageerde als een echte eikel.

'Graag of niet,' zei hij afgemeten.

Hij trok een gezicht van iemand die net een zware persoonlijke nederlaag had geleden. Diep gekwetst. Dat stond hem beter dan dat gemaakte niets-aan-de-hand-lachje.

'Dan wens ik jullie allemaal veel sterkte. Maar u begrijpt dat ik deze sessie ook volledig in rekening moet brengen.'

U?

Doe maar, Pim, geld speelt geen rol, had ik hem eigenlijk moeten naroepen.

Opgeruimd stond netjes. Exit Pim. Geen therapie meer. Het leek even alsof er geen scheiding was. Geef iets geen aandacht, en het lijkt alsof het niet bestaat.

'Slaap jij 's nachts bij Merel omdat je bang bent, Jasper?' vroeg mams op weg naar huis. Hè, hè, mams was toch nog steeds een beetje de oude mams. Jasper begon heftig van nee te schudden. Toen keek paps mij vragend aan, en ik zei niks. Tja, van wie zou ik dat nou hebben?

14

We gingen de aftocht van Pim vieren bij de Italiaan om de hoek. Geen goed idee, want Flip, zijn vrouw Esther en Guido waren ons voorgegaan. Nou ja, eigenlijk was het dus een heel goed idee.

Paps en mams keken elkaar aan en draaiden zich om. Toch maar even ergens anders eten. Maar ik liet me deze kans niet ontnemen. En terwijl mijn ouders naar de deur liepen, ging ik aan een tafel zitten. Jasper deed hetzelfde. Even een krachtig verbond: twee kinderen aan tafel, en twee vertwijfeld gebarende ouders bij de deur. We reageerden niet. Paps en mams kwamen terug.

'Kom, Merel, dit lijkt me niet zo verstandig,' zei mijn moeder.

'Waarom niet?'

Mams keek met een zuinige blik richting Flip.

'Wat maakt dat nou uit? Uiteindelijk moeten we toch een keer met z'n allen aan één tafel zitten,' zei ik nonchalant.

Mijn moeder liep rood aan. Dat kon twee dingen

betekenen: of een scène in een restaurant, of haar verlies nemen. Het werd gelukkig het laatste. Paps en mams schoven aan tafel.

Ik vond het spannend. Beetje een raar idee dat iets waar je zo tegen vecht toch ook spannend kan zijn. De gezinnetjes samen bij de Italiaan, zoiets verzin je toch niet? Het gesprek tussen mijn ouders ging al snel de goede kant op.

'Ik vind dit dus echt nergens op slaan,' begon mijn moeder.

'Ik ben het met Merel eens. Ooit moeten we met z'n allen om een tafel kunnen zitten,' reageerde paps heel verrassend.

'Daar is nog alle tijd voor,' zei mams.

'Nou, wat mij betreft is het vandaag de juiste tijd,' antwoordde paps.

Dat klonk strijdbaar, alsof paps er plots veel zin in had. En precies op dat moment keek Guido om. En toen Flip. Spannend!

Mijn vader riep de ober en bestelde wijn. Hij zou wel even meelopen naar de bar.

Ik keek naar Esther, die verlaten zou worden en ongetwijfeld geen minnaar had. Want Esther was lelijk. Nou ja, onaantrekkelijk. Ik kon Flip geen ongelijk geven; als je m'n moeder kunt krijgen, dan wist ik het ook wel. En Flip wist het wel, maar nu even niet.

Flip keek glazig, en mams was weer in de war terwijl paps terugkwam met een fles rode wijn. Ik keek nog steeds naar Flip en z'n gezinnetje.

'Wat zouden die te vieren hebben?' vroeg ik.

Vond ik zelf wel geestig maar ik was de enige. Er viel een stilte. Er vielen de laatste tijd wel erg veel stiltes.

'We kunnen het toch wel een beetje gezellig hebben, hè?' zei ik.

'Ze weten het nog niet,' zei mijn moeder opeens heel zachtjes.

Ik keek mams aan.

'Sorry?'

'Flip heeft het zijn vrouw nog niet verteld.'

Jasper en ik keken allebei tegelijk weer om naar Flip, Esther en Guido. Die zaten er inderdaad heel ontspannen en gezellig bij – Esther en Guido tenminste.

Ik keek paps aan, die de blik van mams probeerde te vangen. Maar mams had haar ogen neergeslagen. Uit schaamte, ellende, ongemakkelijkheid? Paps schonk zichzelf nog maar een keer bij en mams ook. Ze sloeg haar glas onmiddellijk in één klap achterover.

'Wat weet ze nog niet, Bibi?' vroeg paps.

Een onnozele vraag, die een stompzinnig antwoord verdiende.

'Flip heeft tijd nodig.'

Tijd voor wat? Om Esther te dumpen? Om mams te dumpen? De spanning sloeg bij mij onmiddellijk om in verwarring. Op de zekerheid na dat Jasper zich aan zijn woord had gehouden en inderdaad niets tegen Guido had gezegd, werd het mistig in mijn hoofd.

Even alles op een rijtje zetten. Gewoon nu eens heel goed nadenken, en daarna de juiste vragen stellen. Geen genoegen nemen met halve antwoorden, en dan tot doeltreffende actie overgaan.

Ze wisten het nog niet? Niet te geloven!

15

Het eten stond op tafel. Er was nog maar een flesje wijn besteld. Niet zo verstandig, vond ik; drank doet rare dingen met mensen in emotionele situaties, maar dat was hun zaak.

Jasper schrokte zijn pizza naar binnen, mams at als een muis van haar spaghetti carbonara, paps ontfermde zich over een forse steak en ik staarde naar mijn onaangeroerde minestronesoep.

'En waarom weten ze het nog niet?'

Mijn vader keek mij aan. Goede vraag, zag ik hem denken. Mijn moeder zocht naar een antwoord.

'Kwestie van timing, hè?' kwam er uiteindelijk uit.

Dat begreep ik eerlijk gezegd niet. Slecht nieuws is slecht nieuws.

'Maar hij gaat het wel zeggen?'

'Ja, ik neem aan...'

Mijn moeder maakte haar zin niet af, alsof ze aan het denken was gezet. Zij had de grote stap gezet, maar stel nou dat Flip gewoon bij zijn gezinnetje wilde blijven? Dat hij wel een andere moeder op school zou vinden om dinsdagochtend mee het bed in te duiken? Toch maar eens een heel goede vraag stellen.

'Is Flip ook verliefd op jou?'

Mijn moeder schrok en zweeg.

'Nou?' vroeg ik nog maar een keer.

Weer geen antwoord. En ik weet niet waarom, maar zonder na te denken stond ik op. En voordat ik het wist had ik Flip op zijn schouder getikt en hoorde ik mezelf vragen: 'Ben jij ook verliefd?'

Flip zei niets en wisselde een blik met Esther, die er vreemd ontspannen bij zat terwijl Guido naar Jasper keek. Geen stiltes meer, geen halve antwoorden, nu gewoon de aanval afmaken die was ingezet.

'Mijn moeder namelijk wel op jou.'

Esther begon letterlijk te fronsen, hetgeen haar er bepaald niet mooier op maakte. Flip keek om naar mams, die haar gezicht in haar handen had verborgen, terwijl mijn vader het laatste stukje vlees in zijn mond liet verdwijnen. Een bizar beeld.

'Nou Flip, geef Merel eens antwoord,' zei Esther.

Maar ze wachtte het antwoord niet af, stond op en liep met grote passen het restaurant uit. Flip liep onmiddellijk achter haar aan.

'Kom je bij ons zitten Guido?' vroeg ik.

Ik probeerde rustig te blijven maar vroeg me af of dit niet een heel ondoordachte actie van me was geweest. Slapende honden wakker gemaakt? M'n eigen glazen ingegooid?

Had ik net nog zelf bedacht dat Flip wel een andere moeder voor de dinsdagochtend zou kunnen vinden. Ik had zelfs die hele Angela nog nooit gezien, en dan dit.

Ik zocht een geruststellende uitweg: ik was pas vijftien, onbesuisd en impulsief, en zelfs een meisje van vijftien heeft soms geen overzicht. Dat hielp maar even, want ik vond mezelf eigenlijk ontzettend dom. Wat ik net had gedaan was geen scheiding voorkomen, ik zat er verdomme een te regelen!

Flip kwam uiteindelijk vrij snel Guido halen. Hij keek mijn moeder even aan en verdween.

Mams wist echt niet meer waar ze het zoeken moest. Jasper zat er als altijd onnozel bij. En paps at zoals altijd gewoon door. Misschien was-ie wel blij. Met zijn onnozele dochter die hier een beetje voor Pim zat te spelen.

Ik vond dat ik 'sorry' moest zeggen, maar dat was zo'n afgang. Oké, ik had iets stoms gedaan, maar beter in je eigen stommiteiten geloven dan nu maar onmiddellijk het hoofd buigen. Dus bedacht ik dat iedereen me misschien wel dankbaar moest zijn. Vanaf nu geen stiekem gedoe mee. Er konden eindelijk spijkers met koppen worden geslagen, beslissingen worden genomen, beslissingen worden teruggedraaid, vooral teruggedraaid. Ophouden met die flauwekul, alles weer zoals het was. Dus zei ik geen sorry.

'En weet de man van Angela wel van jou en haar?' moest ik nu natuurlijk ook weten.

Dat leek me wel zo eerlijk tegenover mams.

Paps knikte, maar dat vond ik te mager.

'Nou?'

'Ja hoor,' zei paps heel ontspannen.

Mooi, dacht ik. Maar wat daar mooi aan was, wist ik zo net nog niet.

16

Mijn actie in het restaurant kon niet zonder gevolgen blijven, maar het waren niet echt de gevolgen waarop ik had gehoopt. Flip had namelijk keurig zijn plicht gedaan: hij had Esther het een en ander over hem en mams verteld, waarop zij hem het huis uit had gezet. Dat was een tegenvaller.

Mams had via haar werk voor Flip ergens een appartementje geregeld. En dat had ze niet gedaan als ze niet nog heel erg verliefd was. Nog een tegenvaller.

Maar goed, we hadden Angela ook nog, de vlam van paps. Hoe zat dat nou precies?

Wanneer hij haar zag, was in ieder geval onduidelijk. Niet zo vaak als mams Flip zag in ieder geval. Want overdag werkte hij hard als altijd, en 's avonds was hij vaak thuis. Omdat mams dan bij Flip was. Dan belde-ie met Angela, en hoorde ik hem dingen tegen haar zeggen die hij nooit tegen mijn moeder zei. Of nooit meer zei. Of nooit had gezegd.

Het was veel romantische onzin en heel veel verlangen. Werd een beetje een stopwoordje: verlangen.

Ga dan naar haar toe, dacht ik. Duik met haar in bed, zo vaak als je maar wilt. Krijg het uit je lijf en kom dan weer thuis. Eén overspelige verliefde ouder of twee overspelige verliefde ouders, dat maakt best wel uit. Want de eerste die zou stoppen met deze onzin zou onze bondgenoot worden. En dan was het drie tegen een, en dan moet de ander wel heel stevig in z'n schoenen staan. Mooie gedachte, maar vooral toekomstmuziek.

Eerst maar weer eens een goede vraag stellen.

'Hoe zit dat nou precies tussen jou en die Angela?'

'Goed, heel goed.'

Wat een slap antwoord, dat had uitgebreider gekund. Het is je dochter maar die het vraagt.

'Gaat zij ook verhuizen?' vroeg ik.

'Nee, haar man zoekt iets anders.'

Merkwaardig! Angela gaat vreemd met paps en haar man laat zich het huis uit zetten?

'O! Vindt haar man dat dan goed van jou en…?'

'Hij vindt het jammer.'

Ik wist niet wat ik hoorde. Hij vond het jammer? Wat waren dit voor flutantwoorden?

'Hoezo jammer? Wil die man jou niet met olie overgieten, je aansteken en er dan nog eens vier keer met de auto overheen rijden?'

Paps barstte in lachen uit.

'Ze hebben een open huwelijk,' zei hij hikkend.

Wilde ik dit wel weten? Was dit net zo erg als het klonk? Een open huwelijk? Dat klonk als een open wond: een beetje viezig. Voordat ik ernaar kon vragen, begon hij het zelf al uit te leggen.

'Angela en haar man hebben allebei wel eens een vriend of vriendin, en weten dat van elkaar. Dat noem je een open huwelijk.'

Het zou nooit wat worden tussen Angela en mij, dat wist ik nu al zeker.

'Maar ja, als er dan één verliefd wordt...'

'Is dat niks voor jullie, zo'n open huwelijk?'

Van mij mochten ze, ik zou het aan niemand vertellen. Op mijn erewoord.

'Nee schat, daar is het nu te laat voor.'

Nou, dat zouden we nog wel eens zien. Voor dat open huwelijk mocht het dan te laat te zijn, maar voor een gewoon huwelijk ook? Ik had Jasper immers beloofd dat de scheiding niet door zou gaan.

'Hoezo te laat?'

'Er is geen weg terug meer,' zei mijn vader gelaten.

Hij keek er vreemd genoeg niet blij bij. Alsof-ie de weg terug wel wilde zoeken, maar nu al wist dat-ie hem nooit zou vinden. En als-ie hem wel zou vinden, dat mams hem dan niet zou vinden, want die zat natuurlijk op een andere weg met Flip. Had ik nou maar gewoon mijn kop gehouden in dat restaurant, dacht ik toch weer even.

Nee, nog niet opgeven nu, nog niet. Jasper rekende op me. Paps en mams waren verliefd, maar dat zou slijten. Toch?

17

Nel was onze schoonmaakster. Ze was getrouwd met Theo, en dat was voor altijd. Dat weet je natuurlijk nooit zeker, wist ik inmiddels, maar ik zag Nel niet zo snel verliefd worden op een andere man. En ik dacht als Theo omgekeerd zoiets zou doen, dat-ie dan aan Nel een heel kwaaie zou hebben. Maar goed, voorlopig had Nel een blauw oog, en Theo had ik nog nooit gezien. Misschien was ze wel tegen een kast aan gelopen.

Nel deed fluitend haar werk. Ze was niet slim en ze was niet dom. Nel zei nooit veel, maar áls ze iets zei was het raak. Toch maar eens de kwestie aan Nel voorleggen, wie weet. Ik keek nog een keer naar haar blauwe oog. Ach, wat kon het mij ook schelen?

'Heb je gehoord dat mijn ouders gaan scheiden?'

Nel keek ontsteld op.

'Wat?'

'O, ik dacht dat je het wist.'

Nel moest even gaan zitten. Dat zie je wel eens: mensen krijgen het zwaar en moeten dan gaan zitten.

Nooit helemaal begrepen waarom, mij leek het overdreven. Je kunt toch ook blijven staan?

'Wat vreselijk.'

Nel leek ontdaan, dat vond ik echt te ver gaan.

'Nou ja, één op de drie huwelijken mislukt, hè?'

Nel ging er niet vrolijker van kijken. Iets persoonlijker dan maar.

'Ze hebben allebei iemand anders.'

Nel kreeg vochtige ogen.

'Nee! Wat vreselijk voor jullie.'

Uiteindelijk sprongen de tranen in haar ogen. Wie had dat nou kunnen denken?

'Nou ja, 't is niet het einde van de wereld.'

Het was eruit voordat ik er erg in had. Ik meende het niet, maar ik dacht dat ik er Nel een dienst mee bewees.

'Maar jullie zijn nog maar kinderen,' snikte Nel.

Daar bedoelde ze ongetwijfeld iets anders mee dan ik begreep. Ja, als ouders gaan scheiden zijn de kinderen altijd de dupe. Dat heeft toch niets met leeftijd te maken?

'En nog zo jong!'

Dat bedoelde ze dus.

'Nou, zo jong zijn we niet meer. Ja, Jasper is jong.'

Het was een beetje de omgekeerde wereld, maar als iemand gaat huilen, krijg ik altijd iets stoers over me. Ik ben niet zo van het meejankerige.

'En nu?' vroeg Nel.

'Ja, afwachten, hè.'

Nel kreeg het weer te kwaad. Nu kon ik haar vertellen dat we het er niet mee eens waren. Dat we de scheiding wilde voorkomen, maar dat zou zo'n vrouw vast niet begrijpen.

'Ach, die verdomde liefde…'

Nel keek er wanhopig bij. Nee, de liefde was niet haar ding.

Ik liep naar haar toe, had met haar te doen, wilde haar een beetje troosten.

Ze stak haar armen uit en trok me onverwacht met een woest gebaar op haar schoot. Ze pakte me stevig vast, daar was geen ontsnappen aan.

En toen gebeurde het. Ik wilde het eerst nog tegenhouden, maar ik begon het benauwd te krijgen, wilde ertegen vechten. Niet bij Nel, niet bij Nel, schoot het door me heen. Maar toen begon ik toch zachtjes te snikken, en harder te snikken, en toen kwamen de tranen, zo veel tranen.

'En ik…'

Ik wist niet waarom ik nog iets wilde zeggen. Ja, ik hoopte dat als ik zou gaan praten dat ik dan niet meer hoefde te huilen.

'Stil maar, kindje,' zei Nel.

Nel drukte mij harder tegen zich aan, en ik huilde maar, met m'n hele lichaam. Alles schokte, alles deed pijn. Ik had geen gedachten meer, geen ideeën of plannen. Ik voelde alleen nog maar pijn en verdriet.

Beter laat gehuild dan nooit, dacht ik nog wel, toen ik eindelijk uitgehuild was. Met dank aan Nel.

18

Wie het verdriet toelaat, kan aan de verwerking beginnen. Had Pim ooit gezegd. En zo voelde het wel
een beetje na die huilbui bij Nel: alsof ik was leegge-
lopen, geen gevoel meer had. Dus ook niet meer zo'n
fel gevoel van boosheid. Verdriet maakt je slap, en dat
irriteerde me wel. Vooral omdat Pim het had bedacht.

Ik had helemaal geen zin meer om te weten wie Angela was. Of Esther niet alles in het werk zou stellen
om Flip terug te krijgen, het interesseerde me niet
meer. Eerst een natuurlijk stuk verzet naar de nieuwe
situatie toe, dan een stuk ontkenning gepaard gaande
met een stuk boosheid, en nu een stuk acceptatie. Bedankt, Pim! Kom maar op met die scheiding, dan kan
ik ook weer door met m'n leven.

Het was Jasper blijkbaar niet ontgaan dat mijn
stemming was veranderd. Hij begon zich een beetje
zorgen te maken.

'Heb je het opgegeven?'

Ik wist dat hij teleurgesteld zou zijn als ik nu ja zou
zeggen.

'Hoezo?'

'Nou, ik vind Guido best leuk als vriendje, maar niet als broertje.'

Jasper keek er een beetje wanhopig bij.

'Nou ja, je echte broer wordt hij natuurlijk nooit, hè?'

'Nee, maar ik wil ook niet met hem in één huis wonen.'

Jasper liep opeens erg op de zaken vooruit. Waar gingen we wonen, en met wie? Daar had ik eigenlijk nog nooit echt over nagedacht. Het zou wel de gewone oplossing worden, toch? De ene week bij mams, en de andere week bij paps. Vreselijk!

'Wat wil jij het liefst?'

'Gewoon hier met jou.'

Lief joch, die Jasper, gewoon een leuke broer. Toegegeven: zo had ik nog niet vaak over hem gedacht.

Ik probeerde me ervan af te maken door te zeggen dat er nog niets was besloten en alles nog mogelijk was. Dat klonk niet strijdbaar, maar zo voelde ik me ook niet. Sorry!

'Dus je hebt het wel opgegeven?' concludeerde Jasper. 'Geen plan!'

'Ik voel me niet zo lekker, oké?'

Beetje flauw, maar zo was het wel. Ik voelde me slap en klein. En dat is geen lekker gevoel.

'De scheiding gaat gewoon door, of wij het nou willen of niet,' zei Jasper op een toon die geen tegenspraak duldde.

Ik reageerde niet, wist niets zinnig te zeggen behalve hem gelijk geven. Jasper droop af, zoals dat heet, en ik voelde me bepaald geen heldin: eerst trammelant maken, moedige dingen roepen en na de eerste de beste huilbui in de armen van Nel, keihard op m'n smoel. Dat kon ik niet zomaar laten gebeuren, maar onderhand gebeurde het toch maar mooi.

Alles leek in één klap voorbij. Beetje gedoe, beetje verzet, beetje boos, en voordat je het weet ben je een kind van gescheiden ouders. Maar er kwam hulp. Groot woord: hulp. Paps kwam me tegemoet, zonder dat-ie het zelf doorhad.

We zaten aan de eettafel, gewoon met z'n vieren, bijna normaal, bijna gezellig. Het leek wel alsof ze een soort stille triomf vierden, of verbeeldde ik me dat nou? Met die gezichten van 'het was even moeilijk, maar we zijn er toch maar mooi met z'n allen uit gekomen'. Ik voelde me loom. Was de strijd echt gestreden? Mijn vader keek mij aan.

'Merel… Angela zou jou en Jasper graag willen ontmoeten, en nu dacht ik…'

De rest hoorde ik niet meer. Iets over eten in een restaurant, natuurlijk. Oké, jullie je zin.

'En mams en Angela's man gaan ook mee.'

Ik veerde op, letterlijk. Alsof ik uit m'n stoel werd opgetild. Hoezo mams en Angela's man gaan ook mee? En wat gaan we dan doen? O, we gaan gezellig doen? We gaan doen alsof dit allemaal heel normaal is? We gaan van twee uiteengeslagen gezinnetjes opeens naar allemaal vrienden worden? Omdat dat wel zo makkelijk is? Omdat we dan met z'n allen van de zomer op vakantie kunnen? Waren ze helemaal gek geworden?

Ik kreeg weer een beetje de pest in. En daar moest Jasper het voorlopig maar mee doen.

19

Mams was op het laatste moment afgehaakt. Geen zin, emotioneel labiel, ongesteld enzovoort. Heel verstandig van haar, had ik eigenlijk ook moeten doen. Wat deed ik hier eigenlijk? Waarom was ik gewoon weer braaf komen opdraven? Ik had toch de pest in? O ja, daarom was ik hier: ik had de pest in en die scheiding was nog lang niet rond.

Angela wachtte ons voor het restaurant op met haar man, Geert. Ze hadden twee kinderen. Een jongen iets ouder dan ik, en een meisje iets ouder dan Jasper, vertelde ze, maar die had ze gelukkig thuisgelaten.

Geen onknappe vrouw, die Angela. Goed gekleed, verzorgd, een beetje tuttig. Ze had wel het nichtje van mijn moeder kunnen zijn. Een verrassende, ietwat rare keus van mijn vader. Kom dan aan met een woest type op blote voeten met een grote krullenbol, dan had ik het beter begrepen.

Geert was een keurige man. Pak, stropdas, haar netjes gekamd, en hij had een luchtje op. Een lekker luchtje, trouwens. Ze pasten wel bij elkaar, Angela en Geert. Wat zo'n open huwelijk al niet kan aanrichten.

Maar Geert stond er in ieder geval niet bij als een slachtoffer, met een zielig gezicht omdat hij zijn vrouw was kwijtgeraakt aan mijn vader. Het was meer zo'n gezicht van dat het net zo goed andersom had kunnen zijn: dat als hij als eerste verliefd was geworden, Angela het nakijken had gehad.

'Dit is Merel en dit is Jasper,' stelde mijn vader ons voor. Een beetje trots zelfs. We gaven een hand.

'Leuk om jullie te leren kennen,' zei Angela.

Toen gaven we Geert een hand. Hij lachte vriendelijk naar me. Ik had toch wel met hem te doen.

We gingen naar binnen en aan tafel. Het ging nergens over. Angela stelde mij en Jasper alle mogelijke voor de hand liggende vragen, en wij gaven alle mogelijke voor de hand liggende antwoorden. Ze vertelde iets over haar kinderen, maar ik had geen zin om er verder naar te vragen.

Angela viel reuze mee. Ze had een prettige stem, een aardige glimlach. Ze zei geen domme dingen en maakte niet de indruk dat ze met alle geweld vriendinnen met me wilde worden. Ze nam een aangename afstand in acht.

Paps onderhield zich grotendeels met Geert, en dat was geen gespeelde beleefdheid of beschaving maar een prettig gesprek van heren onder elkaar. Jammer!

Na een tijdje vroeg ik me wel af wat we hier zaten te doen. Het hoofdgerecht was nog lang niet in aantocht en de conversatie met Angela was nagenoeg opgedroogd. Nou ja, ik kon over haar open huwelijk beginnen. Of ze ook een open huwelijk met paps wilde, en of paps dan mams er als vriendin bij kon nemen. Vond ik zelf wel geestig, maar ik dacht niet dat Angela er erg om zou kunnen lachen.

En net op het moment dat je denkt dat het wel eens een heel lange, saaie avond kan worden, gebeurt het. Dan gaat het net zoals je had gehoopt. Dan krijg je meer dan de pest in.

'Angela en ik gaan samenwonen...' begon paps.

Ik keek naar Geert die er nog steeds zo vredig bij zat alsof hij bepaald geen verhuisplannen had.

'...en nu dachten wij dat het een goed plan was als jullie bij ons kwamen wonen.'

Paps keek mij aan met een blik alsof de beslissing allang was genomen. Ik besloot toch maar even naar mams en ons huis te informeren.

'Je moeder wilde altijd al verhuizen, dus we hebben besloten om ons huis te verkopen. Zij gaat iets met Flip zoeken.'

Sorry, dus wij gingen bij paps wonen en mams vond dat goed? Liet zij ons zomaar gaan? Maar voordat ik ernaar kon vragen kwam het antwoord al.

'We hebben ons uitgebreid laten informeren, maar het is voor kinderen van jullie leeftijd beter om in één huis te wonen. Dat pendelen tussen twee huizen gaat ten koste van de concentratie en schoolprestaties, en is praktisch ook erg onhandig. En Angela heeft een ideaal huis, dus...'

Dat er weer iets was besloten zonder ons te raadplegen was tot daaraan toe, maar de mening van deskundigen was ontzettende flauwekul. Dat zou ik eens even rechtzetten. Maar net toen ik mijn mond open wilde doen, kwam de grote verrassing.

'En dan willen we jullie nog wat vertellen,' zei paps met een grote grijns.

Oké, het zou wel trouwen worden, maar als ze

maar niet denken dat ik bruidsmeisje word. Het was iets ergers.

'Jullie krijgen er een broertje of een zusje bij. Niet echt gepland, maar toch gewenst. Zeer gewenst,' zei paps.

Angela straalde trots en pakte de hand van paps. Geert keek alsof de baby ook van hem kon zijn.

'Een echte liefdesbaby,' voegde Angela eraan toe.

Een liefdesbaby? Even diep ademhalen. Ik keek Jasper aan, stond op van tafel en wenkte hem mee te komen. Mijn vader nam een heel verstandige houding aan: hij liet ons gaan.

'Niet tegen jullie moeder zeggen, want die weet het nog niet,' riep hij ons nog na.

Hufter!

20

Toen ik vijftien werd gaven m'n ouders me een pakje condooms voor m'n verjaardag. Ik had geen vriendje, maar goed. Ik schaamde me rot en stak ze onmiddellijk in m'n zak, maar kon de goede bedoelingen nog wel waarderen.

Mijn ouders vonden me blijkbaar een vrouw of zoiets. Ze zouden er geen moeite mee hebben als ik een vriendje zou krijgen. Ik zou met hem naar bed mogen, en dat zou zelfs bij ons thuis mogen. Niet veel kinderen hadden zulke ruimdenkende ouders.

Maar condooms gebruikte je natuurlijk vooral om niet zwanger te raken. Hallo pap, ben je er nog? Om niet zwanger te raken. Zwanger!

Jasper en ik zaten in de keuken. Hij zat roerloos op een barkruk, ik ijsbeerde heen en weer.

'Niet gepland. Niet gepland! Wel gewenst!'

Ik herhaalde het talloze malen, zachtjes, luid, boos. Niet gepland, maar wel gewenst. Wat was dat voor onzin?

Was ík eigenlijk wel gepland, of gewenst? Een ongelukje misschien? Waren ze niet liever kinderloos gebleven? Paps en mams hadden allebei een drukke baan, dus wat moet je nog met kinderen als je nooit tijd voor ze hebt? Waren we wel hun kinderen? Waren we niet geadopteerd omdat ze geen kinderen konden krijgen, maar hadden ze ons dat nooit durven vertellen? Waren we te vondeling gelegd?

Dat waren allemaal te veel ongemakkelijke en vooral idiote vragen die je je als kind maar beter niet kunt stellen. Dat wil zeggen, vragen waar je nooit, maar dan ook nóóit een eerlijk antwoord op zou krijgen.

'Ik wist niet dat paps nog een kind wilde,' zei Jasper opeens.

Nee, niet gepland. Dat begreep-ie natuurlijk niet.

'Mams wilde nog wel een kind, maar paps niet,' ging Jasper door.

Wat zat Jasper daar nou opeens te bazelen?

'Hoe weet jij dat?'

Jasper keek alsof-ie heel diep in zijn geheugen moest zoeken.

'Nou?'

'Dat hoorde ik haar een keer zeggen.'

Nog meer ellende. En dat op één avond.

'En toen?'

Jasper keek me aan.

'En toen wat?'

'Wat zei hij toen?'

Jasper zweeg.

'Jasper!'

Jasper keek weg, alsof-ie zich realiseerde dat hij over iets was begonnen waar hij maar beter niet over had kunnen beginnen.

'Jasper! Geef antwoord. Nu!'

Ik gaf hem een tik tegen zijn schouder.

'Hij wilde niet.'

Paps wilde niet? Niet met mams, maar wel met Angela?

Soms zoek je het conflict omdat je het nodig hebt, maar is het even weg, dan weer komt het je met bakken tegelijk aanwaaien, zoals nu.

Wat dacht meneer eigenlijk? Ons een broertje of zusje onthouden maar dat kunstje wel even flikken bij ene Angela? Wat dacht die arrogante, zelfingenomen trut wel? Dat wij heel fijn de oudere broer en zus van haar liefdesbaby zouden gaan uithangen? Geen denken aan!

'Kutbaby.'

Jasper schrok. Dat klonk inderdaad wat hard. Het onwetende kindje in de buik van Angela kon er immers ook niks aan doen. Arm kind.

'Wat denk jij, wordt het een broertje of een zusje?' vroeg Jasper.

Ik was sprakeloos. Wat kon mij dat nou schelen? Ik had hulp nodig. Of een goed gesprek maar weer. Ik dacht nog even Lisanne te bellen, maar het werd Nel. Alsof dat heel vanzelfsprekend was.

Ze kwam eraan, en wel onmiddellijk. Die is niet graag thuis, schoot het even door me heen.

21

Nel gaf me een zoen toen ze binnenkwam. Een natte zoen, alsof we echt vriendinnen waren.

'Ik ga iets lekkers voor je maken.'

Ze pakte een reep chocola uit een keukenkastje en brak die in stukken.

'Chocola, daar krijg je een oppepper van.'

Nee, stel dat paps en Angela een zware voedselvergiftiging zouden oplopen in dat restaurant, daar zou ik pas een oppepper van krijgen.

Nel gooide de chocola in een pan en goot er wat melk overheen. Warme chocolademelk! Afschuwelijk, maar ik zou het opdrinken. Voor Nel.

''t Is niet goed, 't is gewoon niet goed,' zei Nel.

Nel was, zoals gezegd, een vrouw van weinig woorden. Maar ik was het helemaal met haar eens. Het was niet goed. Nee, het was helemaal niet goed.

'Niet gepland, wel gewenst. Dat doe je toch niet. Hij heeft toch wel eens van condooms gehoord?' probeerde ik het gesprek op gang te brengen.

Nel zweeg, en ik ging nog een tijdje op hetzelfde

deuntje door. Op een gegeven moment had ik geen tekst meer. Nel zette de beker warme chocolademelk voor me neer. Ik rook eraan en werd misselijk maar nam toch maar een slok. En toen nog een, zodat de beker snel leeg was.

'Lekker?'

Ik knikte en dacht dat ik elk moment kon gaan overgeven. Even diep ademhalen en ergens anders aan denken. Dat viel nog niet mee.

'En dat noemen ze dan een liefdesbaby,' zei ik vol walging, maar dat kwam vooral door de warme chocolademelk – bah!

Nel pakte een doekje en begon de kookplaat schoon te vegen. Een onzinnige actie, want hij was brandschoon. Toch maar Lisanne bellen, dacht ik. Van Nel had ik behalve een warme chocolademelk en twee vlezige, heerlijke armen niet veel meer te verwachten. Maar toen draaide ze zich opeens om.

'Alle baby's zijn liefdesbaby's,' zei Nel met de blik van een filosoof. 'Jij en Jasper ook.'

Dat zal best wel, maar wat hadden we eraan?

''t Is toch gewoon een domme actie?' zei ik.

Nel knikte.

'Ja, dat vind ik achteraf ook,' zei ze.

Ze keek droevig. O jee, Theo! Had hij haar toch een blauw oog geslagen?

'Jij hebt toch geen spijt van je kinderen?' vroeg ik.

Best een brutale vraag. Nel schudde heftig haar hoofd.

'Nee.'

Ik durfde het bijna niet te vragen, maar deed het toch. We waren tenslotte vriendinnen, en die bespreken toch alles met elkaar?

'Heb jij wel eens aan een scheiding gedacht?'

Ik had onmiddellijk spijt dat ik die vraag had gesteld. Ik dacht: straks staat ze op en wil ze nooit meer iets met ons te maken hebben. Maar ze liep niet weg. Ze zuchtte diep, pakte haar tas en viste er een pakje sigaretten uit. Ze stak een sigaret op, inhaleerde diep en ademde de rook krachtig uit.

'Diego is nu tweeëntwintig. Dus al tweeëntwintig jaar.'

Ik schrok. Ik had toch zo'n idee gehad dat Nel voorzitter was van het antischeidingscomité. Nou ja, ze was nog steeds getrouwd. Maar hoe deed ze dat dan: tweeëntwintig jaar getrouwd zijn als je dat al tweeëntwintig jaar niet wilt? Daar moest je toch heel ongelukkig van worden?

'Nog een warme chocolademelk?' vroeg ze.

Ik schudde van nee.

'Ik denk dat ik zo ga slapen,' zei ik laf.

Nel reageerde niet en trok nog maar een keer hevig aan haar sigaret. Ze had iets treurigs over zich dat ik niet eerder had gezien. Arme vrouw, komt helemaal naar ons toe als wij in de problemen zitten, en ik zit haar een beetje een scheiding aan te praten. Dat moest ik even rechtzetten, even goedmaken.

'Sorry, Nel, dat had ik niet mo...'

'Ik heb niets tegen scheiden,' onderbrak Nel me. 'Maar wel als het mezelf aangaat.'

Dus tóch de voorzitter van het antischeidingscomité. Vond ik Nel toch bijna even net een echte filosoof. Kon ze dat niet tegen paps en mams zeggen? Dat scheiden prima was, als je het zelf maar nooit deed.

22

Nel was naar huis gegaan. Ze wilde eigenlijk blijven totdat paps thuiskwam, maar ik vreesde een scène. Geen idee waarom. Nou ja, dat zij hem eens even flink de waarheid zou zeggen. En dat hij haar dan zou wegsturen, en dat ze dan nooit meer zou komen. Ondenkbaar, want wat moesten we zonder Nel?

Ik lag in bed toen paps uiteindelijk thuis kwam van het etentje met Angela. Hij ging naast me zitten, streelde mijn haar. Ik liet hem maar. Geen idee waarom eigenlijk. Jawel, ik had behoefte aan een vader. Een lieve, begrijpende aardige vader, die me niet in m'n eentje maar een beetje liet aanmodderen. Die verwachting bleek echter te hoog gegrepen.

'Sorry, ik had je niet zo mogen overvallen met de baby,' zei hij.

Inderdaad.

'Misschien had ik je het zelf moeten vertellen, alleen.'

Inderdaad.

'Angela en ik hadden gedacht dat het leuk zou zijn

om het jullie vanavond te zeggen.'

Niet te geloven.

'Maar goed, mams weet het nog niet, dus...'

Hij keek me uitnodigend aan. Ik had de boodschap begrepen. Hij wist dondersgoed dat het de situatie er niet eenvoudiger op zou maken. Hij had opeens wat uit te leggen. Aan mams, die nog een kind van hem wilde terwijl hij dat niet wilde. Nu wilde hij steun en begrip, maar die zou-ie van mij niet krijgen. Ik trok mijn hoofd weg onder zijn hand.

'Heb je wel eens van abortus gehoord?'

Een moedige suggestie: dochter wijst haar vader op de mogelijkheid om een zwangerschap te beëindigen.

Paps keek geschokt. Abortus. Oké, het was een rotwoord.

'Angela wil het graag.'

En nu moest ik om zijn, omdat Angela het graag wilde?

'Mams wilde het ook graag.'

Hij keek onaangenaam betrapt.

'Dat is iets anders.'

Ja, dat was zeker iets anders. Dat je vrouw, je wettige echtgenoot, de moeder van je twee kinderen nog een kind wil, op de een of andere scharrel tussen neus en lippen door zwanger maken.

'En wat is daar dan anders aan?'

Ik wilde hem namelijk graag zien zweten.

'Nou?'

Moest ik hem dat echt uitleggen? Maar hij bleef zwijgen. Hij gaf gewoon geen antwoord.

'Misschien is ze wel zwanger van haar eigen man?' merkte ik hoopvol op.

Dat zou toch kunnen?

Paps schudde zijn hoofd.

'Nee, uitgesloten.'

Ik begreep het. Angela en Geert hadden een open huwelijk van niks gehad.

Paps wilde m'n haar weer strelen.

Ik sloeg opeens zijn hand weg, in een reflex. Hij schrok.

'Merel...'

Ik zweeg. Hij stond op. En verdomme, ik moest huilen.

'Lul! Ongelooflijke grote lul!'

En hij liet het zich zeggen, zonder protest. Toen liep hij de kamer uit. Altijd maar weglopen, wat had je nou aan zo'n vader? Zou een scheiding toch niet beter zijn? Misschien viel er met Flip of Angela wél te praten.

Paps kwam terug. Ik stopte onmiddellijk met huilen, want hij had mijn tranen niet verdiend.

'Merel! Het is wel jouw broer of zus, hoe je het ook wendt of keert.'

Moest-ie daarvoor terugkomen? Had-ie niks beters te zeggen? Wilde-ie nu al op mijn schuldgevoel werken?

Nog een keer 'lul' zeggen had geen zin. Hem op zijn bek slaan, dat had ik het liefst gedaan. Maar ja, ik was goed opgevoed, hè. Door hem, die lul.

'Halfbroer of halfzus,' zei ik gemeen. Nou ja, gemeen... Dat viel wel mee toch? Paps knikte en ging weg.

De liefdesbaby die in aantocht was, bezorgde me een slapeloze nacht. Ik hield van kinderen, van kleine kinderen, maar aan dit kind had ik nu al een hekel. Als ik dat nou eens een keertje hardop zou zeggen? Tegen paps, tegen Angela. Zou het iets uitmaken?

Onzin natuurlijk. Weer kwamen de tranen. Het

begon allemaal knap vervelend te worden. Ik had nog steeds geen plan, maar er was opeens wel veel gedoe. Nou ja, dat was tenminste iets.

23

Mijn moeder was opeens weer vaker thuis. Waarom wist ik niet. Voor ons? Ze zei weinig en was snel aangebrand. Ging het wel goed met Flip? Met haar? Met haar en Flip?

Ik wilde er eerst niet naar vragen. Het werd tijd dat zij míj eens een vraag stelde. Niet hoe het op school ging of meer van die onbenulligheden. Nee, een wezenlijke vraag. En daar bedoelde ik mee... geen idee eigenlijk. Ja, toch wel, iets wat bij mij weer een beetje het mamsgevoel terug zou brengen. Maar mams stelde weinig vragen, en al helemaal niet de goede, laat staan een wezenlijke vraag. Dus stelde ik haar maar weer eens een vraag.

'Hoe gaat het met jou en Flip?'

Mams ontspande, alsof ze mijn belangstelling echt op prijs stelde.

'Goed, maar gedoe, hè.'

Ze zei het alsof ze het de gewoonste zaak van de wereld vond, dat gedoe, maar toch ook wel een beetje storend.

'Tja, het is ook niet niets, hè?'

Rare opmerking, een beetje ziekerig bedoeld.

'Het komt wel goed allemaal, als dat gedoe maar een keer over is.'

Ik weet niet of ze het alleen over zichzelf had, of misschien ook over Jasper en mij. Voor de zekerheid besloot ik het maar te vragen.

'Wat bedoel je met "gedoe", mam?'

'Nou ja, nu mag Guido van Esther Flip niet meer zien. Da's toch vreselijk?'

Goed, dat gedoe waren wij dus. De liefdes liepen allemaal vlot, maar alleen jammer dat er ook nog een paar kinderen aan vastzaten.

Ik werd boos, ingehouden boos. Kortom, het was een ideaal moment om mijn troef uit te spelen: de liefdesbaby! Eens kijken wat voor gedoe dat zou veroorzaken. Kon namelijk misschien best iets nuttigs opleveren. Iets onbesuisd liefst, zoals mams die Angela te lijf gaat, en dan voor paps gaat vechten. Zoiets.

'Heb je het al gehoord?'

'Wat gehoord?' vroeg ze lauw.

'Van paps en Angela?'

'Dat ze gaan trouwen?'

Nou goed, daar zat ze in ieder geval niet mee, want ze zei het zonder enige emotie. Gíngen ze eigenlijk wel trouwen, paps en Angela? Moest je daar niet eerst voor gescheiden zijn?

'En jij?' vroeg ik.

Mams gaf geen antwoord. Flip had haar blijkbaar nog niet gevraagd.

Terug naar het onderwerp: de liefdesbaby. Ik aarzelde even. Toch een klein dilemma: moest ik het zeggen of zwijgen? Is het mijn zaak of niet?

Nou ja, ik had wel meer dingen gedaan en gezegd

die eigenlijk niet konden, daar kon dit ook nog wel bij. Eerst maar weer even een omweg.

'Willen jij en Flip nog kinderen?'

Ze keek me eerst met grote ogen aan en begon toen te lachen. Dat was erg lang geleden, dat ik haar had zien lachen. Geen kinderen dus. Een meevaller.

'Hoezo?'

'Zou toch kunnen?'

Ze bleef lachen. Deed me goed, ik zag haar graag lachen. Toen betrok haar gezicht, ze keek me strak aan, zweeg.

'Ik wil geen kinderen meer, voel me te oud.'

Keek ze er nou opgelucht bij of verdrietig? Niet verder vragen, dacht ik onmiddellijk, nu verder het onderwerp laten rusten.

'Ik had er nog wel een gewild, vroeger.'

Dit gesprek ging de verkeerde kant op. Mams had inderdaad nog kinderen gewild. Paps niet, en nu was er voor hem een baby in aantocht, een liefdesbaby! Dat zou mams echt niet trekken. Ze zou toch geen rare dingen doen, zoals Angela aanvliegen en haar in haar buik stompen? Kleine paniek.

'Sorry, ik heb een afspraak,' zei ik.

En weg was ik, naar buiten. Ik liep wat suf heen en weer door de tuin, peinzend, ik moest kappen nu! Dit waren mijn zaken niet.

24

De liefdesbaby van paps en Angela had me een beetje voorzichtig gemaakt, zenuwachtig vooral. Doodsbenauwd eigenlijk. Ik vond dat mams het moest weten, maar ik vond dat paps het moest zeggen. Er bleef dus maar één ding over: ik moest me er niet mee bemoeien!

Daarbij was ik nog steeds jong, en wilde ik ook wel weer eens echt jong zijn: gewoon weer een beetje lachen en kletsen met vriendinnen zonder die voortdurende zoem van de scheiding door mijn kop. Lukte me aardig, moet ik zeggen.

Maar 's avonds als ik in mijn bed lag, ging ik toch weer piekeren. Dan vond ik dat ik het allemaal verkeerd had aangepakt. Veel te veel had nagedacht, waardoor het effect van mijn woorden en daden nogal mager was: de scheiding leek immers onafwendbaar.

Waarom was ik niet onmiddellijk het onhandelbare kind gaan uithangen, de volmaakte hysterica die niet meer te handhaven was geweest in de klas? Ik had Flip te lijf kunnen gaan, mijn nagels in zijn gezicht kunnen zetten. Ik had Angela kunnen bestoken met dreigbrieven of telefoontjes. Al die dingen doen waardoor de witte jassen aan huis komen. Niet om over 'een stuk verzet' te praten, maar over een opname in een inrichting. Dan had ik nog wel eens willen zien of mijn ouders hun plannen hadden doorgezet.

Maar ik droeg de last van een goede opvoeding en te veel welvaart met me mee, een fatale combinatie van verwend en lui. Daar word je niet oplettend van, daar kom je niet zo ver mee in oorlogstijd.

Nou ja, oorlogstijd… Er was geen oorlogstijd, nooit geweest. Er was wat verzet geweest, kleine opstandjes, plaagstootjes.

Maar mijn ouders droegen zelf ook de last van een goede opvoeding en te veel welvaart. Ook zij waren verwend en lui, en zeker niet oplettend. Ze vertrouwden waarschijnlijk toch een beetje te veel op de strategie van Pim: dat het allemaal wel goed zou komen, zou overwaaien. Maar dat kon je volgens mij nauwelijks een strategie noemen.

Paps en Angela zouden een weekendje Barcelona doen, mams en Flip een weekendje Florence. Waarschijnlijk niet om de liefde op te zeggen.

Ze hadden het gepland in hetzelfde weekend, hoorden we op het allerlaatste moment. Wat mij betreft was dat geen probleem, wat hen betreft wel. Je laat je kinderen toch niet alleen achter? Normaal gesproken is dat een aardige gedachte van attente ouders, maar nu had het iets wrangs. Maar het werd echter nog veel wranger toen ze allebei besloten om hun reisplannen door te zetten.

Eerst was er geruzie. Neuzen dezelfde kant op, horloges gelijkzetten? Even zaken doen? Dat was blijkbaar makkelijker gezegd dan gedaan, want ze wilden allebei van geen wijken weten.

'Wij redden ons wel,' zei ik nog maar een keer. Dat was toch heel aardig en vooral heel behulpzaam bedoeld, maar kwam niet aan. Er kwam sowieso erg weinig aan. Dus nu wilde ik wel eens weten hoe het nou zat: huwelijk, scheiding, verliefd en kinderen. Iedereen was in de war maar waarom eigenlijk? Is het echt zo moeilijk om met z'n tweeën af te spreken wanneer je een reisje wilt maken? Daar moesten ze toch wel iets zinnigs over kunnen zeggen? Zij waren volwassen, wij kinderen, dan wil je toch iets uitleggen? Eerst maar eens bij paps proberen.

'Hebben jullie dan niet even met elkaar overlegd over de datum?' begon ik behoedzaam.

'Ach, ik zei nog tegen je moeder…'

Ik weet niet wat hij verder nog zei, maar om mams nou opeens de schuld te gaan geven… Dus maar even bij haar proberen, zelfde vraag.

'Ik wilde het nog afzeggen, maar Flip…' begon ze.

Wat ze verder zei weet ik niet meer precies, maar om je nou achter Flip te verschuilen…

Dus uiteindelijk zouden ze het niet afzeggen, hun weekend niet een weekje opschuiven. Geen compromis van: jullie dit weekend en wij het volgende, of omgekeerd. Nee, Nel werd gebeld, want familie zadel je met zo'n probleem niet op.

Nel had een bruiloft, maar wat deed ze? Ze ging er niet naartoe, Nel kwam naar ons toe, en paps en mams gingen gewoon weg. Scheiden was tot daaraan toe, maar het voelde toch bijna alsof we wees waren geworden. Waren Flip en Angela belangrijker dan wij? Dat gaf geen fijn gevoel.

25

Nel viel me weer om de hals en nam me in haar armen. Het was een beetje een gewoonte geworden, maar wel een lekkere gewoonte. Jasper kreeg ook een knuffel en trok daarbij altijd een vies gezicht. Jasper was dol op Nel, maar niet op haar kilo's.

'Hadden ze dat niet anders kunnen regelen?' vroeg ze.

Blijkbaar had ze niet zo veel contact met mijn ouders. Houden zo, dacht ik, Nel was er voor ons, niet voor paps en mams.

Eigenlijk had ik Nel terug moeten sturen naar de bruiloft, maar ik vond het heel fijn dat ze er was. Ik zag er toch wel een beetje tegen op, een heel weekend alleen in een groot huis te zijn. Vreemd toch, want vroeger keek ik ontzettend uit naar een lang weekend alleen in een groot huis. Vroeger? Dat was nog niet zo heel lang geleden.

'Als je naar die bruiloft...'

''t Is een motje,' zei ze met een grote glimlach.

Ik keek haar niet-begrijpend aan.

'Ze is zwanger, daarom trouwen ze.'

Ik knikte maar, had het vaak genoeg zien gebeuren in stomme films: je wordt zwanger en dan trouw je maar. Dat had Nel zelf immers ook gedaan, paps en Angela zouden het ook gaan doen.

'Dus ze houden niet van elkaar?' wilde ik toch nog even weten.

Nel keek me aan met een blik van 'mag ik daar even over nadenken?'

Blijkbaar was het een moeilijke vraag want Nel bleef maar zwijgen.

'Ach, de liefde doet rare dingen met mensen,' zei ze uiteindelijk somber.

Nou, raar zou ik het niet willen noemen. Laten we het gewoon egoïstisch of egocentrisch noemen. Liefde maakt je blijkbaar ook voor je eigen kinderen blind.

Genoeg gepraat over de liefde en verliefdheid, vond ik. Ik gaf Nel een envelop. Ze haalde er vijf briefjes van honderd uit.

'Wat moet ik daarmee?'

'Die moest ik jou geven.'

Nel stopte de briefjes terug.

'We kunnen uit eten gaan,' stelde ik voor.

Ze gaf me de envelop terug.

'Stelletje koekenbakkers.'

Jasper moest lachen.

'Oké, jassen aan. En pak een klein koffertje met kleren.'

Bedoelde ze echt wat ik dacht dat ze bedoelde, nee, vreesde wat ze bedoelde: een lang weekend bij Nel en Theo en Diego en Bianca?

'Wat gaan we doen?' informeerde ik nonchalant.

'Ik moet thuis zijn, anders...'

Nel keek bedrukt, een beetje angstig zelfs, zoals ik haar nog nooit had gezien.

Want anders? Ik geloof dat ik wel begreep hoe het zat tussen haar en Theo, maar ik durfde er niet naar te vragen. Een scheiding en een slecht huwelijk – was er ergens ook nog een leuke liefde? Stomme gedachte. Twee heel leuke liefdes waren immers op weg naar Florence en Barcelona.

'Als je bij je eigen gezin moet zijn, begrijp ik…'

'Nou, komt er nog wat van?' onderbrak Nel me.

'We kunnen best alleen blijven, dat hebben we…'

'Je ouders hebben me gevraagd om op jullie te passen, dus…'

Protesteren hielp niet. Jasper en ik liepen de trap op naar onze kamers om een tasje met kleren te pakken.

'Ik wil niet,' zei Jasper.

'Ik ook niet.'

'Waarom gaan we dan?'

'Omdat het goed bedoeld is.'

'Dat is toch geen reden.'

Nee, dat was geen reden. Maar we waren nette, goed opgevoede kinderen, en soms werkt dat wel eens tegen je. Vaak zelfs.

26

Theo was niet echt de hoofdprijs en Nel was niet echt op haar best in zijn buurt. Theo dronk bier, stak de ene sigaret aan met de andere, en keek naar de televisie.

En Nel deed wat ze blijkbaar niet alleen bij ons deed maar thuis ook het liefst: schoonmaken. Als hobby of afwijking, maar dat is vaak hetzelfde. Of ze nou de hele tijd met opzet voor de televisie ging staan wist ik niet, maar ze deed het net iets te vaak om te denken dat het toeval was.

Diego en Bianca zaten als een Siamese tweeling naast elkaar op de bank. Diego was een kopie van zijn vader, wat niet in zijn voordeel sprak. En Bianca had, ook al was ze pas twintig, het ruime postuur van haar moeder. Gelukkig dat er mannen zijn die op dikke vrouwen vallen, dacht ik.

We gaven ze een hand, die ze onwennig aanpakten, alsof ze het voor het eerst deden. Ik ging naast Diego zitten in de ene hoek van de bank, Jasper naast Bianca in de andere.

Het was nogal krap, en Diego stonk, naar bier en sigaretten. En volgens mij liet-ie af en toe ook een wind. Dan draaide hij zich even om naar mij, om te checken of ik hem wel rook. En dan lachte ik naar hem. Vond-ie niet leuk. Nee, die zou nooit een vriendin krijgen.

We kregen een glaasje cola en ieder een schaaltje chips. Aardig van Nel. We keken televisie. Ik dacht: ik stel ze een vraag. Uit beleefdheid. Niet tijdens het tv-programma, maar tijdens de reclame. De vraag kan ik me niet meer herinneren, maar het woedende gesis wel.

Theo, Bianca en Diego deden namelijk mee aan het reclamespel: reclames raden en dan een duur 06-nummer bellen om een prijs te winnen. Logisch dat ze het krap hadden: de hele dag televisiekijken en de hele dag bellen. Ik keek eens om me heen, maar ze hadden zo te zien nog nooit iets gewonnen. Wat een troep!

We bleven maar televisiekijken, zwijgend. Wat er ook langskwam – een lach, een traan, een schreeuw, een vloek – er werd geen woord gezegd.

Nee, gezellig wilde het niet worden, en warm al helemaal niet, want de kachel stond laag en mocht niet hoger worden gedraaid omdat energie zo duur was, zei Nel – terwijl Bianca weer zat te bellen met de prijzencarrousel van het reclamespel. Niet mee bemoeien, wist ik. Prijzencarrousel! Nou ja, een heel klein beetje mee bemoeien dan.

'Da's allemaal doorgestoken kaart,' zei ik met de beste bedoelingen. Ze konden hun geld toch echt beter besteden.

Bianca reageerde niet, niet echt het type om twee dingen tegelijk te kunnen doen.

'Wat weet jij daar nou van?' vroeg Diego.

Dat viel mee: Diego kon praten.

'Hebben jullie dan ooit wat gewonnen?' vroeg ik.

Diego keek me verontwaardigd aan.

'Als iedereen een prijs zou winnen, dan zouden hun dat toch niet meer uitzenden? Dan wordt het toch veels te duur.'

Hij probeerde er intelligent bij te kijken, wat hem niet echt goed stond.

'Maar je doet toch mee om te winnen?' probeerde ik nog maar een keer.

'Wie zegt dat?'

Daar was geen gesprek mee te voeren. Laat maar zitten, dacht ik, maar Diego moest nog iets kwijt.

'Ja, júllie hoeven niet mee te doen, want rijke mensen hebben alles al.'

Het hoge woord was eruit: hij was jaloers! Nou, ik ook, héél jaloers. Dus ik dacht nog even om het gruwelijke cliché over hem uit te kotsen: dat wij niet rijk waren, maar zij, met z'n viertjes zaterdagavond op de bank. Gezellig of niet, maar wel compleet. Maar ik wist me te beheersen. Hij zou het trouwens toch niet begrepen hebben.

Tegen middernacht stuurde Nel iedereen naar bed, onder luid protest. Tot hoe laat keken die mensen eigenlijk televisie?

Theo wankelde toen hij uit zijn stoel omhoogkwam. Hij wilde op Nel leunen, maar die deed een stap opzij. Theo keek haar vuil aan, en Nel keek nog veel vuiler terug. Blauw oog, ik wist het opeens bijna zeker.

Nel zette een raam open tegen de sigarettenrook en alcohollucht. Ze legde twee matrasjes in de woonkamer, wees ons op de gootsteen in de keuken, waar

we onze tanden konden poetsen, en wenste ons wel-
terusten.

Uitgesloten! Na een doorwaakte nacht op twee
matrasjes besloten we de volgende ochtend al terug te
gaan. Natuurlijk, het was reuzegezellig geweest, maar
ja, je slaapt toch nergens beter dan thuis. Nee, protes-
ten hielpen dit keer niet.

Nel wilde onmiddellijk met ons meegaan, maar dat
wilde Theo niet. En ik gaf Theo zijn zin: blijf lekker
hier, Nel, wij redden ons wel. Dat vond Theo prima
maar niet op een leuke manier. Maar goed, Nel zou
nooit scheiden, arme Nel.

27

We waren nauwelijks thuis of paps belde. Het was een kort gesprek, of alles goed was. Daar ook. Doei! Kort daarna belde mams – zelfde gesprek. Ja hoor, prima! Doei! Maar dat was niet helemaal waar. Mams begon zich half te excuseren, als ze alles van tevoren had geweten. Ze zat er toch maar mooi mee, maar goed, ik zat helemaal nergens mee, speelde ik. Dus beëindigde ik zelf maar het gesprek. Mams in tranen, geloof ik. Net goed!

Toen belde paps weer, hij was helemaal vergeten te vertellen dat er mensen naar het huis zouden komen kijken. Of we ze even binnen wilde laten. Doei!

Het huis stond nog steeds te koop. Dat was iedereen helemaal vergeten ondanks het bord dat in de tuin stond en waar toch echt TE KOOP op stond. Paps wilde er waarschijnlijk veel te veel voor hebben, want volgens mij was er nog geen koper langs geweest. Maar toen werd er aangebeld.

Een echtpaar met twee kinderen. Ze hadden ons kunnen zijn, ons gezin. Ze keken alleen wat blijer, en hun kinderen ook. Ik liet ze zonder na te denken binnen.

Ze bekeken ons huis met een enthousiasme alsof ze er al woonden. Ze gingen op de bank zitten, openden ongevraagd kasten. Dat hoorde er zeker bij. Opeens kwam Jasper binnen met een geschrokken gezicht.

'Er ligt een jongen op mijn bed.'

Ik schonk er verder geen aandacht aan en liep door. De jongen kwam namelijk weer snel naar beneden. Wat zeur je nou, Jasper, wilde ik zeggen, maar Jasper was alweer verdwenen.

'Wilt u wat drinken?' hoorde ik mezelf vragen.

Ik kan ongelooflijk tuttig zijn.

Gelukkig zeiden ze nee, behalve hun kinderen maar die had ik voor het gemak even niet gehoord.

Wanneer m'n ouders terugkwamen, vroegen ze.

'Geen idee,' zei ik om hun nieuwsgierigheid te prikkelen. Of was het hun aandacht, hun medelijden? Ik wilde toch wel eens goed zielig gevonden worden, en niet alleen door Nel.

Maar er kwam geen reactie.

'Volgende week ergens, denk ik.'

Nu zou er toch wel een belletje gaan rinkelen. Je wilt een huis kopen en wordt rondgeleid door de kinderen. Van zulke mensen zou ik geen huis willen kopen.

De man gaf mij een kaartje: dan konden mijn ouders hem bellen. Geen leuke mensen, dat was wel duidelijk. Ik liet ze uit.

En daar stond Jasper, met het bord TE KOOP in zijn handen. Grimmige blik, felle ogen. Zo had ik hem nog nooit gezien. Geen jongen van twaalf meer, maar een opstandige puber van zestien of zoiets.

Ik had eerst niks door, wilde nog zeggen dat het

bord daar nog wel even mocht blijven staan. Maar Jasper legde het demonstratief over zijn schouder en liep met grote passen naar de schuur.

Het echtpaar keek mij aan. Eerst lachend – gekke knul – toen iets ernstiger. Ik geloof dat ik Jaspers boodschap te pakken had.

'Sorry, maar dit huis is niet te koop,' zei ik.

Het echtpaar moest er een beetje om lachen.

'Dat zullen we wel even met je ouders bespreken,' zei de vrouw op een parmantig toontje.

Nee, dat zouden ze helemaal niet met onze ouders bespreken. Er viel namelijk niets meer te bespreken.

'Dit huis is niet te koop. Zijn we doof?'

Niet echt tekst voor een net, goed opgevoed meisje, maar dat was ook maar schijn; ik had ze het liefst tegen hun schenen geschopt, dus ze kwamen eigenlijk nog heel goed weg.

Ik rende naar de schuur. Daar stond Jasper – woest. Ik liep naar hem toe, keek hem aan. Hij sloeg z'n ogen neer. Toen sloeg ik mijn armen om hem heen. Hij begon te huilen, met grote snikken en heel hard. Zo hartverscheurend dat ik ook begon te huilen. En daar stonden we, samen te huilen, dat was nog nooit gebeurd. Hij probeerde door zijn tranen heen wat te zeggen, maar ik verstond hem niet. Ik drukte hem dichter tegen me aan, waardoor we nog harder moesten huilen. Waar zo'n scheiding al niet goed voor is.

28

We stonden in de huiskamer en keken om ons heen. Dit was ons huis. Hier waren we geboren en hier wilden we blijven, dat was toch niet zo vreemd? Jasper en ik keken elkaar aan met een blik van 'en nu?' Ik hoorde het nog nagalmen: dit huis is niet te koop! Dat was mooi gezegd.

Vroeger zou ik het er nooit met Jasper over hebben gehad, maar Jasper was in een paar weken zeker vier jaar ouder geworden. En ik ook, dus eigenlijk zou dit een gesprek tussen volwassenen kunnen worden.

'Dus jij wilt hier blijven wonen?'

Jasper knikte.

'Ja, jij niet?'

Ja natuurlijk, maar hoe dan? Ik had gewoon geen plan, sterker nog: ik realiseerde me dat er helemaal geen plan was. Voor niets. Niet om een scheiding te voorkomen, niet om in ons huis te blijven wonen.

Dat was wel een heel kort gesprek tussen volwassenen geweest, maar in ieder geval wel met een volwassen conclusie. We moesten de feiten onder ogen zien, en die zagen er niet zo gunstig uit. Maar toen zei Jasper iets, iets kleins dat me op een idee bracht.

'Als het nou zo goed is om in één huis te wonen, hè, waarom blijven we dan gewoon niet hier?'

'Omdat ze allebei ergens anders willen gaan wonen,' antwoordde ik eerst gedachteloos.

'Maar dan kunnen wíj toch wel hier blijven?'

Ik begon te stralen. Ik weet niet precies of het er zo uitzag, maar zo voelde het wel. Want dit was toch echt een plan! Eindelijk! En precies wat paps in het restaurant had gezegd: wetenschappelijk onderzoek heeft aangetoond dat het voor kinderen van onze leeftijd beter is om in één huis te wonen. En waar kan je beter wonen dan in je eigen huis?

'Jij hebt helemaal gelijk!'

Jasper keek me vragend aan.

'Wij blijven gewoon hier. Mams trekt in bij Flip, paps bij Angela en wij blijven hier,' vatte ik de oplossing samen.

Jasper trok een vermoeid gezicht.

'Je denkt toch niet dat paps en mams dat goedvinden, hè?'

Nou, als we paps nou eens met zijn eigen wetenschappelijke argumenten om de oren zouden slaan. Waarom niet?

'Als wij het willen,' zei ik optimistisch.

'Maar zíj willen het niet,' zei Jasper droog.

Tijd voor een krachtig gebaar, weg met die twijfel.

'Oké, dan doen we het zo,' probeerde ik.

Lekker gevoel. Nu nog even dat gevoel proberen vast te houden.

'Merel, dat gaat echt niet...'

'Kop dicht, Jasper.'

Jasper keek me smalend aan. Maar even geen aandacht aan besteden.

Hoe gingen we dit nou eens overtuigend brengen aan paps en mams? Want paps had met zijn wetenschappelijk onderzoek natuurlijk een heel andere situatie in gedachten dan ik net had bedacht. Voordat ik het wist, zat ik weer te piekeren. Het lekkere gevoel had nog geen tien seconden geduurd.

Want dit was dan wel een plan, maar een onhaalbaar plan. Ja, we konden ons eigen huis gaan kraken, maar ik wist dat paps er niet voor terug zou deinzen de politie te vragen om zijn kinderen uit hun eigen huis te zetten.

Ik werd een beetje moe van mezelf, een beetje erg moe. Ik begon eerlijk gezegd een hekel aan mezelf te krijgen. Ik kreeg het er zelfs benauwd van. Een zwaar hoofd, tjokvol met gedachten, alsof ik echt volwassen was geworden. Voelde niet goed. Was het ook mogelijk om níet volwassen te worden?

En toen, alsof Jasper aanvoelde dat ik op het punt stond te bezwijken, stond hij lachend met vijf briefjes van honderd voor me.

'Feestje?'

'Top!'

Feestje dus.

29

Het werd een leuk weekend. Jasper nodigde wat vriendjes uit, ik wat vriendinnen. Het was niet echt een feest, maar met vijfhonderd euro kom je een heel eind.

Ik wilde het er de hele tijd toch even over hebben, over ons plannetje om hier te blijven wonen, maar ik was bang dat het de sfeer zou bederven.

Komen ze weer met die scheiding van ze aan, zag ik ze al denken. Geen fijn onderwerp voor kinderen met gelukkig getrouwde ouders, wisten we inmiddels. Dus werd het eten, dansen, dvd'tjes kijken, beetje keten, slap ouwehoeren en veel te laat naar bed. Voelde goed, voelde zoals het moest zijn als je vijftien bent.

Zondagmiddag hadden we het huis weer voor ons alleen. We keken elkaar een beetje broeierig aan. Moesten we het er nou weer over hebben? Ja dus. Eerst even samenvatten nu, ons plan. Huis niet te koop, wij blijven hier wonen, paps en mams komen om beurten langs, wetenschappelijk is dat heel verstandig. Zoiets?

'Maar dat vinden ze natuurlijk nooit goed,' herhaalde Jasper maar weer eens.

'Dus moeten wij ervoor zorgen dat ze het wél goedvinden.'

'Ze doen toch waar ze zelf zin in hebben,' zei Jasper.

Precies. Alsof het er helemaal niet toe deed wat wíj ervan vonden. Jezus, hoe vaak hadden we dat nu al geconcludeerd? Maar hoe komt dat? Wat hebben we tot dusver goed gedaan, wat hebben we fout gedaan? Moesten we het daar niet eens over hebben?

'Alles,' zei Jasper droog.

'Wat alles?'

'Alles fout.'

'Je wilt toch niet zeggen dat we niks goeds hebben gedaan?'

'Het gaat om het resultaat.'

Daar had Jasper gelijk in.

'Goed dan, wat hebben we goed gedaan?' begon ik.

'Niets.'

Jasper had er echt zin in.

'We zijn te aardig geweest,' zei hij.

'We zíjn aardig, dat is nu eenmaal zo,' beaamde ik.

'We hadden moeten zeggen dat we het niet wilden.'

'Dat hebben we gedaan.'

'Maar niet duidelijk genoeg.'

'We zijn te toegeeflijk geweest, te begrijpend,' zei ik.

'Dat is omdat we slim zijn,' zei Jasper.

Ook waar. Domme mensen kunnen veel beter voor zichzelf opkomen dan intelligente mensen. Want domme mensen kunnen alleen aan zichzelf denken en intelligente mensen zijn zo dom om ook aan anderen te denken.

'Maar goed, we kunnen niet opeens dom worden,' zei Jasper.

Hij moest er zelf om lachen.

'Nee, maar we zijn slim genoeg om net te doen alsof we dom zijn,' zei ik.

Dat klonk wel intelligent, vond ik zelf. Te intelligent voor Jasper in ieder geval want die keek me dom aan.

'Hoe zouden domme kinderen nou doen als ze de scheiding van hun ouders willen voorkomen?'

'Dat moet je maar aan domme kinderen vragen,' zei Jasper.

'Die zijn te dom om intelligente oplossingen te bedenken,' zei ik.

Jasper wilde weglopen, moe van het gewauwel waarschijnlijk.

'Weet je wat het is, Merel. Wij lullen alleen maar, maar we doen nooit wat.'

'En wat zouden we dan moeten doen, Jasper?'

Nou, Angela vergiftigen of Flip zijn ogen uitsteken. Dat had ik allang bedacht, maar dat doen wij toch niet? Wij zijn toch nette kinderen?

'Iets waar ze een keer van schrikken. Écht van schrikken. Iets waar ze woedend van worden,' ging hij door.

Goed zo, Jasper. Dank je, Jasper. Hij had groot gelijk: wij waren inderdaad nette, aardige, redelijke, intelligente kinderen, en daar was door paps en mams schandalig misbruik van gemaakt. Alsof ze ervan zouden schrikken dat wij in ons eigen huis wilden blijven wonen. Uitlachen zouden ze ons. Paps dan. Net niet in ons gezicht, maar in gedachten wel.

En dat besef maakte de oplossing opeens heel eenvoudig: niks plan! Geen woorden meer, maar daden!

Niet meer lullen, maar iets doen!

Eindelijk een keer iets doen. Iets waar ze eens van zouden schrikken. Iets wat je niet even wegmasseert met weer een goed gesprek. Praten? Nooit meer! Tenzij op ónze voorwaarden.

'En nu?' vroeg Jasper.

'Moet jij eens opletten,' zei ik verhit.

Ik schrok er zelf een beetje van, alsof ik voor het eerst echt in mezelf geloofde. Werd tijd toch?

30

Wij hadden dus ook macht. Niet door te praten of met goede argumenten te komen; dat was de macht van volwassenen. Wij hadden de macht van de onredelijkheid: de macht van kinderen. En dat waren we een beetje vergeten: dat we nog kinderen waren. Dus nu maar eens even heel kinderachtig en onredelijk doen. Had ik toch laatst iets leuks en brutaals op tv gezien. Je leert veel op school maar soms ook iets van de tv.

Dus binnen een uur was er een slotenmaker langsgekomen, die alle sloten van het huis had vernieuwd. De rekening zou hij nasturen. Dat was wel zo handig, want het was een prijzige klus.

'En wat gaan we dan doen als ze thuiskomen?' vroeg Jasper met een kleine bibber in zijn stem, alsof hij toch niet helemaal vertrouwde op een goede afloop.

'Dan doen we boven een raam open en zeggen we dat ze er voorlopig niet meer in komen.'

'En waarom niet?'

'Omdat wij hier willen blijven wonen.'

'En als ze dat niet goedvinden?'

Ik keek Jasper geërgerd aan. Hij wilde toch dat we een keer iets zouden doen, iets waar ze van zouden schrikken?

'Natuurlijk vinden ze het niet goed. Daarom praten we toch ook niet meer met ze? Want dat levert nooit iets op.'

Jasper knikte alsof-ie het begreep. Voor heel even.

'Maar waarom moeten er dan andere sloten op de deuren?'

Die had geen slimme dag.

'Om duidelijk te maken dat we het menen. Dat we eisen stellen. Dat wij er ook nog zijn. Dat we niet alles maar goedvinden.'

Dat had ik hem toch uitgelegd? Jasper knikte zo heftig dat ik dacht dat-ie het nu echt begrepen had. Weer voor heel even.

'Maar stel nou dat paps kwaad wordt?'

Ik keek Jasper vragend aan.

'Nou, dat-ie een deur forceert.'

Zou kunnen, maar dat zou aan de situatie niets afdoen.

'Maar als-ie hier eenmaal binnen staat kunnen we moeilijk de politie bellen,' ging Jasper door.

Daar moest ik wel om lachen: de politie bellen. Zou ik zeker doen, paps eens even heel erg in verlegenheid brengen. Zou wel een beetje sneu zijn voor mams. Haar gunde ik dat niet, ik had geen idee waarom eigenlijk. Zij had ons net zo hard laten zitten als paps, maar op de een of andere manier voelde het alsof ze er niets aan kon doen. Alsof ze niet wist wat ze deed, niet wist wat ze zei. Alsof ze eigenlijk maar wat aanrommelde, in de hoop dat het op een dag over zou zijn. Eigenlijk nam ik mams en Flip minder serieus dan paps en Angela.

Nee, eigenlijk nam ik mams sowieso wat minder serieus dan paps, maar dat pleitte niet voor paps.

'Nel!' zei Jasper opeens.

Ik keek verrast op. Wat Nel?

'Die doet het vast.'

'Wat?'

'Paps en mams buiten de deur houden, of ze wegsturen als hij de politie belt.'

Bij Nel wonen was niet het beste idee, maar dat Nel bruikbaar zou zijn in deze strijd was duidelijk. Ik zag haar al staan in de deuropening. Knappe jongen die daarlangs komt. Want dit zouden we met z'n tweeën natuurlijk nooit redden, dat had Jasper goed gezien. Hij was trouwens wel heel erg snel om. Hij stelde geen domme, bange vragen meer, maar wilde gewoon aan de slag.

'Zou ze zoiets doen?' vroeg ik gespeeld onzeker.

'Ze is dol op jou.'

'En op jou.'

'Nou, bel maar,' zei ik.

Jasper keek een beetje beteuterd.

'Maar het is toch jóuw vriendin?'

Nel míjn vriendin? Ja, Nel was mijn vriendin, dus belde ik Nel. Een kwartier later stond ze op de stoep. Met een grote koffer vol kleren en een grote grijns, alsof ze er erg veel zin in had en vermoedde dat dit geintje wel eens een tijdje zou kunnen gaan duren. Maar Theo was niet zo blij, zei ze erbij. Ik keek Nel onderzoekend aan. Nee, geen blauw oog.

31

Ik wilde Nel nog uitgebreid het 'geen-woorden-maar-daden-plan' uitleggen maar dat was allemaal niet nodig. Nel vatte ons probleem kernachtig samen: 'Een kind moet je niet verkassen, dat moet je laten zitten waar het zit.' En zo was het maar net.

Maar ik wilde toch nog wel even weten of Nel vond dat we nu niet een beetje te ver gingen, want volgens mij moesten Diego en Bianca haar zoiets echt niet flikken.

'Wie niet luisteren wil, moet maar voelen. Toch?'

Waren paps en mams maar zo slim.

We wilden pizza laten bezorgen, maar dat vond Nel zonde met zo'n riant gevulde ijskast en voorraadkast. Ze besloot te koken en zette ons een halfuur later iets onbestemds voor, dat we na enig protest mochten laten staan. Natuurlijk, het was heerlijk – niet dus –, maar we zeiden maar dat de spanning op onze maag was geslagen. En dat pikte Nel gelukkig. We wisten niet precies wanneer onze ouders zouden thuiskomen, maar toen het tegen tienen liep vond

Nel dat we naar bed moesten.

Pardon? Althans, zo'n gezicht trok Jasper. Zo van: leuk dat je er bent, als je maar niet voor moeder gaat spelen. Maar Nel had gelijk, dus trok ik Jasper mee naar de slaapkamer.

'Als je maar niet denkt dat ik ga doen wat Nel zegt.'

'Nee, maar je moet morgen naar school, en het is al laat.'

'Maar als ze straks thuiskomen dan worden we toch weer wakker…'

Jasper had blijkbaar een soort oudejaarsavondgevoel: wakker blijven tot het zover is.

'Hé, we hebben Nel nodig, oké?'

Jasper besloot tot een verstandig zwijgen.

Nel wilde ook naar bed om nog wat te gaan lezen, dus ging het licht uit en lagen wij hypergespannen te wachten totdat paps en mams thuis zouden komen. Jasper, die voor de gelegenheid op mijn kamer sliep, werd de spanning blijkbaar te veel. Binnen een kwartier lag hij luid te snurken. Ik liep naar Nel.

Die zat rechtovereind in haar bed op de logeerkamer en las een groot boek met een glimmende kaft waarop een vrouw met een betraand gezicht in de armen lag van een man in een uniform.

Ik was zenuwachtig, wilde toch nog maar eens doornemen wat er allemaal zou kunnen gebeuren – misgaan, bedoelde ik. Nel keek niet op van haar boek terwijl ik alle valkuilen op een rijtje zette. Daar werd ik niet vrolijk van.

Er was eigenlijk maar één gedachte die me een beetje op de been hield. Paps vond zijn reputatie nogal belangrijk, dus die moest wel een paar grenzen over om hier midden in de nacht stennis te gaan schoppen. Zag ik hem niet echt doen.

Maar ja, hoe goed ken je je eigen vader nu eigenlijk? Misschien ging-ie zelf wel de politie bellen, of zou hij in lachen uitbarsten en gewoon weglopen. Of een goed gesprek met Nel willen en haar compleet omverpraten en gewoon weer in z'n eigen bed slapen. Het kon allemaal. Nel las maar door en hoorde het allemaal onaangedaan aan.

'Maak je geen zorgen, ga lekker slapen.'

Het klonk geruststellend, maar ook weer niet, alsof Nel de situatie toch een beetje onderschatte. Of onderschatte ik Nel opeens? Dat 'ga lekker slapen' sloeg in ieder geval nergens op.

Ik lag in bed en registreerde elk geluid, vooral het gesnurk van Jasper en de zware voetstappen van Nel, die nogal vaak naar de wc moest. Ik keek op de wekker, kwart voor twaalf. Had ik me vergist? Zouden ze pas morgen komen?

Ik werd moe. Vreemd. Hoe kon ik nou moe worden op zo'n spannend moment? Toen hoorde ik een auto. Ik zag het licht van de koplampen door de gordijnen heen.

Ik rende naar het raam. Het was paps. Hij stapte uit, met een koffertje in zijn hand. Ik zag hem de sleutels uit zijn broekzak halen.

Ik rende mijn kamer uit naar Nel. Die zat nog steeds te lezen.

'Hij is er!'

Gelukkig keek Nel eindelijk op uit haar boek.

'Nou, laat hem eerst maar eens even de pest in krijgen, hè?'

Ik knikte en daarna moest ik lachen. Ja, laat hem eerst maar eens even heel goed de pest in krijgen. Ik bleef op de rand van Nels bed zitten. Zij las door, en ik wachtte. Beetje nerveus, een beetje boel nerveus.

32

Paps schopte tegen de deur, bonkte op de ramen, riep onze namen. Jasper en ik keken naar Nel, die maar door bleef lezen. Toen begon paps te vloeken, en niet zo zuinig ook. Hij had kennelijk toch niet zo veel last van zijn reputatie. Op een gegeven moment luwde de storm. Alle denkbare vloekwoorden waren inmiddels wel gepasseerd. Stilte voor de orkaan, zal ik maar zeggen, want het hoogtepunt moest nog komen. Het werd een dieptepunt in de vorm van een steen die plots door het zijraam van de woonkamer vloog. En weg was zijn reputatie, bij mij tenminste.

'Is-ie nou helemaal gek geworden?' zei Nel.

Eindelijk actie. Ze legde haar boek neer en liep naar beneden. Jasper en ik gingen erachteraan.

Mijn vader stond met een razende blik bij het raam.

'Kijk nou eens wat jullie hebben gedaan?' zei hij opgewonden.

En hij meende het nog ook. Dat had hij niet gedaan, dat hadden wij gedaan. Wij hadden een steen door de ruit gegooid.

Nel opende de voordeur en liep op mijn vader af. Wij bleven in de deuropening staan toen er opeens politie verscheen met mijn moeder in hun kielzog.

'Wat is hier aan de hand?' vroegen ze tegelijkertijd.

Red je hier maar eens uit, dacht ik.

Mijn vader zocht naar woorden, Nel vulde ze moeiteloos in.

'Hij heeft een raam ingegooid.'

'Van mijn eigen huis.'

'En waarom doe jij dat, Sjors?' vroeg mijn moeder.

'Omdat ik er niet in kon.'

Nel tikte een agent aan.

'Mag dat, je eigen ruiten ingooien, of is dat vandalisme?' vroeg ze.

'En waarom kon u er niet in?' vroeg de snuggerste agent.

'Omdat dat tuig de sloten heeft verwisseld.'

'Dat tuig zijn wij,' zei ik trots.

'Mis ik hier iets?' vroeg mijn moeder met een grappige uitdrukking op haar gezicht.

'Dat kunt u wel zeggen,' zei Nel. 'U komt er voorlopig niet meer in.'

Verbouwereerde gezichten.

'En wie zegt dat?' vroeg mijn vader.

'Wij!' zei Jasper.

'O,' zei mijn vader.

'Effe time-out,' vulde Nel aan. 'Ik pas wel op ze.'

De agenten dropen af, die begrepen dat ze hier niets meer te zoeken hadden.

'En hoe lang gaat dit geintje duren?' vroeg mijn vader opeens heel koel.

'Even afstand nemen,' ging Nel verder. 'En dan komt het allemaal wel goed. Toch?'

Stilte. Kwam het allemaal wel goed?

'Nou ja, jullie kunnen die scheiding natuurlijk…' begon Jasper.

'Geen denken aan,' zei mijn vader boos. 'Ik laat me niet chanteren, en zeker niet door mijn eigen kinderen.'

Rare toevoeging. Oké, je laat je niet graag chanteren, maar als het een keertje niet anders kan, dan toch het liefst door je eigen kinderen, zou ik denken.

Mijn moeder besloot iets verstandigs te zeggen.

'Kom, Sjors, we gaan.'

'Waarnaartoe?'

'Weg. Nel kan best wel even voor de kinderen zorgen.'

Nel knikte overtuigend, terwijl mijn moeder paps aan zijn arm meetrok. Hij maakte zich opeens los en wilde naar binnen lopen, maar Nel blokkeerde de deur. Spannend!

'Mag ik even een tasje kleren halen?' zei hij met een klein stemmetje.

Nel liet hem door en liep voor de zekerheid met hem mee. Twee minuten later kwam hij weer naar buiten. Hij keek Jasper en mij vuil aan.

'Hier is het laatste woord nog niet over gezegd.'

Nee, liever niet, want er moest nog heel veel besproken worden.

'Als jullie hiermee weg denken te komen…'

Ja, toevallig wel. Wij dachten dat we hier groots mee weg zouden komen.

'Wacht maar, wacht maar.'

Ho, ho! Hij moest wachten totdat hij weer welkom was.

'Dank je, Nel,' zei mijn moeder nog heel attent.

Ze gingen weg, allebei in hun eigen auto. Vreemd! Alsof ze niets te bepraten hadden. Blijkbaar niet met elkaar: zij deelden hun zorgen en problemen tegenwoordig met Flip en Angela.

Nel, Jasper en ik keken hen na. Ik kon er niks aan doen, maar ik zwaaide. Gaf een lekker gevoel: zwaaien als je het niet meent.

'Koekenbakkers!' riep Jasper opeens.

We barstten allebei in lachen uit en Nel lachte voorzichtig mee. Voelde als een overwinning. De eerste overwinning. Eindelijk!

33

'We hebben ze eruit gezet,' zei ik tegen Lisanne.

'Cool!'

Verder geen vragen. Vreemd, denk je dat je een keer iets bijzonders doet in je leven.

'M'n vader was zo boos dat-ie een raam heeft inge-gooid.'

Lisanne keek niet-begrijpend.

'In zijn eigen huis!'

'Waarom?' vroeg Lisanne.

'Omdat-ie er niet in kon natuurlijk.'

'Dat zou ik mijn vader niet moeten flikken.'

'Daar heb jij toch ook geen reden toe,' zei ik.

'Da's waar.'

Ze keek er niet blij bij. Ruilen?

Het gesprek wilde maar niet op gang komen. Li-sanne en ik waren dan wel vriendinnen, maar het leek alsof onze werelden opeens wel heel ver uit elkaar la-gen. Zij had niets met ons onttakelde gezinnetje, en ik had eigenlijk ook niet zoveel met haar complete ge-zinnetje. Dat kende ik wel van vroeger, maar schijn bedriegt dus.

Er leek niet veel anders op te zitten dan alle heldenverhalen die ik over de scheiding beleefde met Jasper te bespreken. Meer aanspraak was er blijkbaar niet. Toen ik me daar net bij had neergelegd, werd ik zomaar op het schoolplein aangesproken door Nora, een meisje uit de parallelklas.

Nora was een groezelig meisje dat opvallend slecht gekleed ging. Ze had iets aan waarvan ik niet wist waar je dat nou kon kopen, en als je dat wist, waarom je het zóu kopen.

'Gaan jouw ouders ook scheiden?' vroeg ze.

Goddank, Jasper en ik stonden er niet alleen voor.

'De mijne ook.'

Ja, dat had ik inmiddels begrepen, maar het zat toch iets anders in elkaar.

'Ze willen wel scheiden, maar het lukt maar niet. Ik word echt stapelgek van die ruzies.'

Scheiden lukt niet? Raar stel.

'Zullen we er een keer over praten?' stelde ze voor.

Gevaarlijk voorstel. Dat zou heel veel praten van haar kant worden en heel weinig van mijn kant, dat snapte je zo.

'Nou, ik praat er liever niet over,' loog ik.

Nou ja, loog ik. Was wel een beetje waar. Ik praatte er niet veel over, behalve met Jasper en Nel. Maar dat was omdat verder niemand het erover wilde hebben.

Ik had een beetje dubbel gevoel: wilde iemand het er een keertje over hebben, wilde ík niet.

'Ander keertje misschien,' zei ik, en ik liep weg.

Toen de school uitging, stond Nora me op te wachten. Ik had het eerst niet door, en dacht dat ze op iemand anders stond te wachten. Maar toen ik haar passeerde greep ze me bij mijn arm. Een onaangenaam gevoel.

'Wat doe je vanmiddag?'

Nora was van het opdringerige soort, en die kun je maar beter onmiddellijk teleurstellen dan langzaam afwijzen. Dus ik stond op het punt om haar eens heel duidelijk te maken dat wij nooit, maar dan ook nooit vriendinnen zouden worden. Dat ik helemaal geen vriendinnen wilde worden met kinderen van andere gescheiden ouders. Nu nog een dodelijke zin om het af te maken, maar Nora was me voor.

'Ik vind het geweldig zoals jullie het oplossen.'

'Hoe wij het oplossen?'

'Ja, gewoon je ouders eruit zetten.'

Hoe wist zij dat nou? Van Lisanne. Roddelkont.

Toch maar even praten? Nee.

'Dat zou ik ook wel willen maar dat durf ik niet,' zei Nora. 'Zal wel gewoon weglopen worden. Dan heb ik eindelijk rust aan m'n kop.'

O jee, die wil natuurlijk bij ons komen wonen. En weg was ik. Niet zo sympathiek misschien, maar dit was onze scheiding, die van Jasper en mij. En daar moest iedereen van afblijven. Gelul, maar ik meende het wel.

34

Nel nam haar taak als vervanger van paps en mams serieus. Té serieus. Ze kookte elke avond gezond. Of iets wat daarop leek. Over gezond kunnen de meningen verschillen, maar over wat lekker is niet. Want het mocht dan gezond zijn wat Nel ons voorzette, het was in ieder geval niet te vreten. Maar ze deed het elke avond met zo'n trots en zichtbaar genoegen dat we nauwelijks konden weigeren.

Nel kookte ondertussen ook voor haar eigen gezin, en dat zag er niet zo gezond uit, en rook nog veel ongezonder. Een grote pan smurrie met gehakt, uien en tomaten voor twee dagen, die aan het eind van de middag werd opgehaald door Diego. Hij pakte de pan aan bij de voordeur en liep zonder iets te zeggen weer weg.

'Waarom vraag je hem niet even binnen?' vroeg ik.

Nel keek verstoord. Duidelijk, niet verder naar vragen. Ik kreeg de indruk dat Nel het bij ons wel fijn vond. Even geen Theo, Diego en Bianca, alsof het vakantie was.

We misten ze niet, paps en mams. Nel bleek een goede vervanger. Ze vroeg hoe het op school was gegaan, ze deed de was, ze zorgde dat de ijskast gevuld was met de drankjes en snacks die we lekker vonden. Ze zei ons wanneer we naar bed moesten gaan maar keek niet op een halfuurtje. Ze deed eigenlijk alles wat paps en mams ook deden met het verschil dat Nel er altijd was; en paps en mams er vaak niet waren. Misschien waren we er wel heel erg op vooruitgegaan.

Dat Jasper en ik ze nauwelijks misten zette ons aan het denken. Een soort van verkeerd denken. Of we wel helemaal normaal waren? Of we niet emotioneel verwaarloosd waren? Of we niet later als we volwassen waren precies dezelfde levens gingen leiden als paps en mams? Of we dus nu al eigenlijk wisten dat we volkomen ongeschikt waren om later zelf ouders te worden? Onzinnige vragen. Maar geen aandacht aan besteden.

Nel zat weer lekker te lezen in een nieuw boek met een glimmende kaft waarop alleen een zee te zien was en in de verte een zeilboot. Toch eens vragen.

'Goed boek?'

'Mwah.'

'Waar gaat het over?'

'Allemaal flauwekul.'

Nel trok wel erg veel tijd uit voor flauwekul.

'Over de liefde?'

'Die niet bestaat.'

Ze keek er cynisch bij.

'Nou ja, sommige mensen hebben toch best geluk?'

Nel begon heftig van nee te schudden.

'Ik ken ze niet.'

Tijd voor een optimistisch geluid.

'Ik wil later heel gelukkig worden in de liefde.'

Nel begon te lachen, heel irritant te lachen.

'Waarom lach je nou?'

Nel lachte nog wat door. Toen keek ze me opeens ernstig aan, alsof ze medelijden met me had. Alsof het nu al volstrekt helder was dat geluk in de liefde er voor mij niet meer in zat, als kind van gescheiden ouders – met bindingsangst, emotioneel labiel, wantrouwig.

'De liefde is een loterij, schat.'

Ik was op dat soort momenten niet zo gelukkig met de wijsheden van Nel. Voor haar was de liefde misschien een loterij, en dat Theo het winnende lot niet was, was wel duidelijk. Maar ik was in alle onbescheidenheid mooi, talentvol, slim en pas vijftien. Oké, ik hield niet van zoenen en was nog nooit verliefd geweest, maar ik wilde er wel graag in geloven.

'En toch wil ik later gelukkig worden in de liefde,' herhaalde ik.

Om mezelf vooral wijs te maken dat ik helemaal niet in sombere statistieken thuishoorde. Nel streek met een vermoeide blik door m'n haar.

'Ach kind, wat haal je je in je hoofd?'

Goed bedoeld, maar dat zeg je toch niet tegen een meisje van vijftien? Ik vond Nel even niet leuk, helemaal niet leuk. Dat zouden paps en mams nooit gezegd hebben, want die geloofden tenminste wel in de liefde. Een beetje te veel zelfs.

35

We hadden een omgangsregeling met mijn ouders, zelf opgesteld. Ze mochten zo vaak komen als ze wilden, maar wel met z'n tweeën. Alléén kwamen ze er niet in. Zo zagen ze elkaar nog eens, konden ze nog eens bijpraten. En wie weet, misschien was er ergens nog een romantisch vonkje dat oversprong, of een verstandige gedachte.

We hadden eigenlijk verwacht dat ze vrij snel op de stoep zouden staan, maar ze kwamen niet. Paps was boos natuurlijk, en mams moest wachten totdat paps' boosheid over was. Maar goed, ondertussen kregen ze alle kans om goed proef te draaien met Angela en Flip. Misschien viel dat wel erg tegen.

Na drie dagen kwamen ze langs. Eindelijk, het had niet veel langer moeten duren. Ze hadden cadeaus meegenomen. Dom, want wij waren niet om te kopen – moesten ze toch weten. We weigerden de cadeaus in ontvangst te nemen, ik iets fanatieker dan Jasper. Dat zette onmiddellijk de toon.

Of Nel erbij mocht blijven, vroeg ik terwijl we tegenover elkaar gingen zitten. Mijn vader trok zijn schouders op. Prima, dan bleef Nel erbij.

We keken elkaar aan alsof we vreemden waren. Natuurlijk, dit waren onze ouders, maar ook een meneer en mevrouw die iets van ons wilden dat wij niet bereid waren te geven.

'Jongens…'

Een te joviaal begin. Dit zou van hun kant geen ernstig gesprek worden.

'Jullie moeder en ik hebben eens goed nagedacht, en we zijn tot de conclusie gekomen, nadat we daar natuurlijk met deskundigen over hebben gesproken…'

't Is niet waar, ze hadden Pim weer om advies gevraagd?

'…dat we er met z'n vieren uit moeten zien te komen. Dus het wordt een kwestie van geven en nemen, van onze en van jullie kant.'

Paps keek ons zelfvoldaan aan alsof hij iets heel bijzonders had gezegd, alsof hij zojuist de oplossing had aangedragen. Geven en nemen? Ik had anders nog niets van dat geven gemerkt.

'Dus jullie blijven toch gewoon bij elkaar?' herhaalde Jasper maar weer eens. Onnozel of uitdagend? Ik zou zeggen het laatste.

'Nee, we gaan hier niet een beetje poppenkast spelen, daar heeft niemand wat aan.'

Mijn vader keek ons vol zelfvertrouwen aan, maar mijn moeder keek een beetje sip alsof ze het helemaal niet erg had gevonden om hier een beetje poppenkast te spelen. Volgens mij was het tussen haar en Flip toch niet zo dik aan als tussen paps en Angela. Die verwachtten tenslotte een liefdesbaby.

'Dus?' vroeg ik.

Het was een mooi 'dus', een 'dus' waar ze niet aan voorbij konden gaan.

'Zeg maar hoe jullie het willen,' zei paps.

Het onderhandelen kon beginnen.

'Nou, we hebben laatst…' begon Jasper.

'Jasper!'

Jasper zweeg onmiddellijk. Nu niks zeggen, ze eerst even laten wennen aan het idee dat ze niet welkom meer waren in hun eigen huis. En als ze week waren geworden, echt week, dan pas onze eisen aan ze voorleggen. Nou ja, eisen? Ons zeer redelijke voorstel om gewoon in ons eigen huis te blijven wonen. Hè, hè, dat was nou eens een plan.

'Goed, we zullen er eens goed over nadenken, over dat geven en nemen en dan laten we het jullie wel weten,' zei ik.

Ze keken allebei verrast op. Ze hadden duidelijk niet verwacht dat wij ons ook een keertje zakelijk zouden opstellen. Nee, die lul ik wel weer even omver, had paps gehoopt. Dit keer dus niet.

En toen gebeurde er iets ongelooflijks: ze zwegen, allebei. Ik dacht nog dat het voor heel even was, en dat paps nu toch echt zou gaan ingrijpen, maar niets. Ze zwegen en namen hun verlies. Nee, ze namen ons serieus, zo leek het wel. Ze namen ons opeens heel serieus. Een onwerkelijk gevoel. Heel verstandig natuurlijk van ze, maar wel onwerkelijk.

Het gesprek wilde daarna niet meer zo vlotten, dus verlegde mijn ouders hun aandacht maar naar Nel. Ze gaven haar huishoudgeld waarvan zij meer dan de helft terug gaf, tot verbazing van mijn vader.

Het afscheid leek kort en koel te worden. Paps bewaarde een enorme afstand, mams sjokte maar een beetje achter hem aan. Paps liep het grindpad op, toen mams opeens ten prooi viel aan een diepe inzin-king. Ze stortte zich op Jasper.

'Ik vind het zó erg,' snikte ze.

Jasper maakte zich vrij snel los uit haar omhelzing. 'Wij ook,' zei hij bijna onaangedaan.

We keken mams aan met een gezicht van 'laat dan maar eens zien hoe erg je het vindt'. Maak nú ruzie met paps, zeg hem dat je wilt dat jullie voor je huwe-lijk en gezin gaan vechten. En meer van die dingen.

Maar nee hoor, mams liet zich afvoeren door paps. En Nel? Die had veelzeggend gezwegen. Nee, die zat met haar gedachten heel ergens anders.

36

Er werd aangebeld, heel lang aangebeld. Dat moest mams zijn, heel zeker, dacht ik even. Ze wilde terug-komen, op haar knieën desnoods, en ze was welkom, meer dan welkom.

Maar helaas, het was Theo, dronken en boos. Ik hoefde niet te vragen of-ie even binnen wilde komen want voordat ik het wist stond-ie midden in de woon-kamer.

'Nel!'

Dat klonk helemaal niet boos, meer als een hond die wanhopig zijn baasje roept. Ik had met hem te doen. Nel kwam aanlopen met een blik op onweer.

'Wat is er?'

'Het gaat niet goed.'

En om die bewering kracht bij te zetten liet Theo zich languit op het bankstel vallen. Nel keek razend.

'Nee, zolang jij je te pletter zuipt...'

'Dat heeft er niets mee te maken.'

Een stuk ontkenning, zou Pim zeggen. Theo pro-beerde op te staan, maar dat lukte niet: te veel gedronken, daar hielp echt geen ontkennen aan. Nel kwam aanlopen, stak een stevige hand uit en trok Theo overeind.

'En nu opzouten.'

'Alleen als jij meekomt.'

Theo kreeg iets lieflijks in zijn gezicht. Hij hield van haar of hij kon niet zonder haar, maar misschien was dat wel hetzelfde.

Nel was ver voorbij het punt dat Theo's woorden nog indruk op haar maakten. Ze trok hem mee alsof ze de vuilnisbak buiten ging zetten. Theo waggelde, viel af en toe tegen haar aan. Opeens trok hij zich met zijn laatste restje energie los.

'Maar ik hou toch van je!'

Het was goed bedoeld maar na tweeëntwintig jaar was het duidelijk tegen het zere been van Nel.

'Ach man, jij moet eens leren om je poten thuis te houden.'

Toch een blauw oog!

'Maar jij slaat mij toch ook?'

Daar moest ik wel om lachen. Gaf Theo een knal, sloeg Nel gewoon terug. Topwijf!

Ze boog voorover naar Theo. Beetje rare beweging. Hun hoofden raakten elkaar bijna. En toen gebeurde wat we net bij biologie hadden gehad: een lesje over ratten en de kritische afstand. Die moeten een zekere afstand in acht nemen, want als ze die overschrijden vliegen ze elkaar aan.

Theo was te dronken om Nel aan te vliegen, maar toen hij Nel vast wilde pakken omdat hij bijna omviel, werd Nel opeens razend en duwde zij hem met een enorme kracht van zich af.

Theo viel achterover, heel traag. Hij kwam met zijn hoofd neer op de punt van de glazen salontafel.

Een schreeuw, toen bloed, veel bloed. Theo lag op het parket terwijl het bloed uit zijn achterhoofd gutste.

Nel keek mij aan, toen Jasper. Het was even doodstil. Toen brak er paniek uit, alleen bij ons, niet bij Nel. Die knielde neer bij Theo die met gesloten ogen op de grond lag.

'Volgens mij is-ie dood.'

Ze gaf hem een tikje op zijn wang, bijna liefdevol, alsof ze duidelijk wilde maken dat ze ooit van hem had gehouden, lang geleden.

Ik pakte mijn mobiel en belde 112.

Totdat de politie en even later de ambulance arriveerde keken we sprakeloos naar het levenloze lichaam van Theo.

'Hij is dood,' zei de ambulancebroeder.

Jasper en ik keken elkaar aan. Wat was hier gebeurd? Was dit echt? Reken maar dat het echt was.

'Dood?' vroeg Jasper alsof hij het niet kon geloven.

Ik gaf hem een por.

De agenten namen plaats op de bank. Jasper en ik gingen er stilletjes tegenover zitten. Nel ging koffie zetten voor de agenten. Wat er gebeurd was? Ik keek naar Nel. Die vertelde dat Theo stomdronken was. Dat-ie was gevallen en ongelukkig terecht was gekomen. Ze vertelde het zonder enige emotie. Toen keken de agenten ons aan. Wij knikten maar van ja: zo was het gegaan. Was toch zo?

Waar onze ouders waren? vroegen de agenten. Nee hè, moesten die echt komen?

37

Een kwartier later stonden ze op de stoep. Was dit het einde van onze moedige poging om paps en mams voorlopig buiten de deur te houden? Een beetje een egocentrische gedachte, terwijl ik naar Theo keek. Nou ja, naar het laken dat over Theo heen was gelegd.

Mams was weer eens in de war.

'Wat vreselijk nou. Hebben jullie het zien gebeuren?'

Ja, ik had een man dood zien gaan, en vreemd genoeg was dat veel minder schokkend geweest dan je van tevoren zou denken. Ik was heel rustig, te rustig bijna. Misschien als Nel was gaan huilen dat ik dan mee was gaan huilen, maar Nel was nog steeds doodkalm.

Mijn vader keek ons meewarig aan, alsof hij wilde zeggen: 'Zie je wel dat dit geen goed idee was?'

Mijn ouders liepen eindelijk op Nel af, terwijl Jasper naast mij kwam staan.

'Ze heeft hem toch gewoon vermoord?'

'Kop dicht.'

'Oké, niet met opzet.'

'Het was een ongeluk.'

Theo werd op een brancard gelegd en weggedragen. Nel wilde onmiddellijk de vloer schoonmaken, maar dat mocht niet van de politie, er moest nog onderzoek worden gedaan. De politie ging weg, en Nel moest mee. Ze lachte een beetje een komt-wel-goed-lach.

'Goed, wat nu?' begon paps.

Geen duimbreed toegeven, dacht ik. Oké, het komt niet dagelijks voor dat iemand overlijdt in onze huiskamer, maar dat had toch niets met de scheiding te maken?

'We kunnen jullie natuurlijk niet alleen laten na wat er is gebeurd,' zei mijn moeder.

Nu goed concentreren, even sterk zijn.

'Waarom niet?'

'Nou ja, kindje, zoiets gaat je toch niet in je koude kleren zitten?'

Goed, dan moesten we maar iets sneller dan gepland ons voorstel op tafel leggen. Niet echt chic terwijl er net een dooie was gevallen, maar nood breekt wetten.

'Weet je nog wat je toen in dat restaurant zei? Dat het voor kinderen beter zou zijn om op één plek te wonen?'

Mijn vader knikte.

'Nou, dat zijn we helemaal met je eens, en die plek is hier.'

Mijn vader lachte, ietwat onwennig, alsof-ie de bui al zag aankomen. Nu het initiatief houden, dacht ik.

'Dus als jullie zo nodig willen scheiden, prima. Maar wij blijven hier.'

Mijn moeder zette een verbaasd gezicht op, ze begreep er echt niets van.

'Maar dat kan toch helemaal niet?'

'Natuurlijk wel,' viel Jasper me bij. 'Wij blijven hier wonen, en de ene week woon jij hier en de andere week paps.'

Paps en mams wisselden maar weer eens een blik. 't Was wachten op de dooddoener, en we werden op onze wenken bediend.

'En wie gaat dat betalen?' vroeg hij.

'Jullie!' zeiden Jasper en ik bijna gelijktijdig.

Paps zocht naar woorden die hij even niet kon vinden. Mams zocht onmiddellijk een ander onderwerp. Ze wilde van de gelegenheid gebruikmaken om hier te blijven. Omdat ze vond dat ze er voor haar kinderen moest zijn? Omdat Theo dood was? Maar mijn vader zocht direct de confrontatie.

'Jullie willen hier zeker nog steeds alleen zijn?'

Inderdaad, dat wilden we. Eerst jullie inbinden, dan wij.

'Maar Sjors…'

'Luister, Bibi, onze kinderen willen dat wij hen respecteren.'

Inderdaad, daar kwam het wel op neer.

'En als zij alleen willen zijn…'

'Maar er is hier net…'

Paps keek ons koeltjes aan.

'Nel moet nu natuurlijk bij haar eigen kinderen zijn. Maar als er iets is, dan weten jullie ons te vinden, hè?'

Mams keek radeloos, maar liet zich maar weer eens door mijn vader afvoeren. Vreemde actie van paps, dacht ik nog, hij gaf zich wel erg snel gewonnen.

En daar zaten we dan. Is er net iemand doodgegaan in je huis, en dan laten je ouders je in de steek. Was niet zo consequent gedacht, maar zo voelde het wel.

38

We gingen naar de begrafenis van Theo. Ons gezin samen met Nel, Diego en Bianca, voor de rest was er niemand. Theo had weinig indruk gemaakt en ook geen vrienden. Dat lukt ook niet als je de hele dag op de bank zit. Niemand zei iets, niemand moest huilen, behalve Bianca, maar die deed het geloof ik omdat ze dacht dat dat moest, huilen. Nou ja, het kan nooit kwaad om over je overleden vader te huilen, of je het nou meent of niet. Nel wilde, nadat de kist in het graf was gelegd, onmiddellijk weggaan, maar ik vond dat er nog iets gezegd moest worden. Ik keek Nel aan. Ze keek weg.

'Beste Theo, je bent dan wel dood, maar je had wel tweeëntwintig jaar een geweldige vrouw. En...'

En toen wist ik het niet meer. Ik moest niet huilen, ik wist gewoon echt niet meer wat ik moest zeggen. Ik wilde het gewoon een keer gezegd hebben: dat ik Nel geweldig vond. En ik vond dat iedereen dat moest weten. Bianca begon weer te huilen en viel me om de hals. Dat was niet echt de bedoeling, maar vooruit. Nel keek me nog steeds niet aan.

Daarna gingen we naar ons huis, met z'n vieren. Nel kondigde aan die middag alweer te willen komen, maar volgens mij hadden Diego en Bianca haar harder nodig. En na enig aandringen van mij vond Nel dat ook, met een beetje tegenzin. Ze gaf me een klapje op mijn wang, iets te hard.

Mijn moeder vroeg in de auto of we er erg veel last van hadden. We deden net alsof we haar niet begrepen. Waar moesten we last van hebben? Mams begon te vertellen dat zij ooit had gezien hoe een buurman met zijn been in een elektrische maaimachine terecht was gekomen. Hij had zo geschreeuwd van de pijn dat ze nachtenlang door die schreeuw wakker was geworden. Nee, niet nachtenlang – jarenlang. Ze keek er heel angstig bij.

'Maar Theo zei niets. Hij viel neer en was dood,' zei Jasper.

'Maar dat bloed?' vroeg ze.

Ja, wat moet er dan uit dat hoofd komen?

We kwamen thuis. Mijn vader zette een gewichtig gezicht op. Hij had ongetwijfeld nagedacht over ons voorstel en had hopelijk met de bank gebeld. Hij liep weer eens heen en weer. Mams keek naar de bloedvlek op de vloer, die nauwelijks zichtbaar was, maar zij zag hem natuurlijk wel, dieprood. Paps tikte haar aan. Opletten nu! Ze ging op een stoel zitten, haar blik strak op de vloer gericht.

'Oké, de scheiding gaat gewoon door. Laten we daar heel eerlijk over zijn. En wat jullie voorstel betreft: het is interessant, maar financieel en praktisch onhaalbaar.'

'We hebben er echt serieus over nagedacht,' zei mijn moeder alsof ze het zelf geloofde.

'Maar…'

Mams kwam niet verder en keek paps aan.

'Maar 't is eigenlijk heel simpel,' nam mijn vader het van haar over.

'Maar, jongens, we komen hier echt wel uit,' ging mams toch door.

'Geloof me, al zal het in het begin een beetje wennen zijn,' zei paps.

Waar ging dit gesprek over? Het leek wel of hier drie gesprekken door elkaar heen werden gevoerd.

'Maar wij blijven hier,' zei Jasper opeens met overslaande stem.

Goed gezegd. Dit gesprek kon wel een helder standpunt gebruiken.

Mijn moeder keek mij smekend aan.

'Kunnen we er niet tenminste over praten?'

Volgens mij wankelde ze echt, stond ze op het punt van opgeven, maar had ze dat nog niet helemaal door. En ik dacht: als mams het nu opgeeft, dan komt alles goed. Drie seconden van hoop misschien, en toen was het over. Allemaal voorbij, met dank aan paps. Ik had inderdaad iets over het hoofd gezien.

'Donderdag kom ik langs met de nieuwe bewoners en vrijdag komen de verhuizers,' zei m'n vader. 'Sorry.'

Sorry? Ik geloof zelfs dat-ie het nog meende ook want hij keek niet echt blij of tevreden, eerder een beetje schuldbewust.

'Hebben jullie het huis verkocht?' vroeg Jasper ongelovig.

Was-ie doof of zo?

Paps knikte. Ik keek hem aan, boos, razend, verwijtend, verslagen, zielig? Hij keek natuurlijk eerst weer weg. Toen keek hij me aan met een gezicht van 'ik heb je misschien een streek geleverd, maar je blijft natuurlijk wel mijn dochter'.

En daar had ik nu helemaal geen zin meer in – om zijn dochter te zijn. Ja, zijn onechte dochter, en dan kon ik via *Spoorloos* op zoek gaan naar mijn echte vader. Een arme boer in Zuid-Amerika, die honger leed, maar gelukkig was met zijn gezin. Kortom, ik was het spoor echt helemaal bijster.

'Hebben jullie genoeg geld?' vroeg mijn moeder nog.

Wat kon die vrouw toch domme vragen stellen op de slechtste momenten. Geld, alsof we nu niks anders aan ons hoofd hadden.

Vrijdag? Jasper en ik keken elkaar aan. Dan hadden we nog drie dagen voor weer een plan. Ik werd stapelgek van die plannen. Simpel gezegd: ik had geen plan meer. Had er niet iemand anders een plan? Help!

39

Jasper en ik liepen naar school, somber, stilletjes, verslagen. Ze hadden ons het huis afgenomen. Wat een
geweldige rotstreek! Ik had toch duidelijk tegen die
man gezegd dat ons huis niet te koop was? Waarom
wil iemand in ons huis wonen als wíj daar willen wonen?

'En nu?' vroeg Jasper.

Ik zei niks, had geen ideeën, geen plannen meer.
Begon me ook wel te irriteren aan dat eindeloze 'en
nu?' van hem. Waarom kwam alles op mijn schouders
neer? Kon Jasper niet een keer zelf iets bedenken?

'Bij wie gaan we nu wonen?' ging Jasper door.

Zou mij een rotzorg zijn. Voor m'n humeur zou het
in ieder geval niets uitmaken. Opgefokt in het ene
huis met paps, of opgefokt in het andere huis met
mams.

'Waarom zeg je niets?'

Ik draaide me om en keek Jasper geërgerd aan, heel
erg geërgerd. Ik had zin in ruzie. Dom!

'En wat moet ik dan zeggen? Dat het allemaal voor

niks is geweest? Dat de scheiding gewoon doorgaat? Dat we de ene week bij die, en de andere week bij die gaan wonen? Dat het met ons precies zo zal gaan als met al die andere kinderen van gescheiden ouders?'

Jasper legde een hand op mijn schouder. Vriendelijk bedoeld, maar slecht getimed. Ik sloeg zijn hand weg. Hij schrok.

'Wij zijn gewoon een stelletje losers,' ging ik verder.

Ik had zin om eens helemaal kopje-onder te gaan in zelfmedelijden, en daarna lekker janken.

'We zijn helemaal geen losers. We hebben tenminste ons best ge…'

'Als jij nou gewoon je lunchpakket wél had meegenomen, dan was dit…'

Kutopmerking. Gemeen, intens gemeen. Jasper trok wit weg. Ik kende de uitdrukking maar had nooit geweten hoe het eruitzag. Tot nu. Geen fraai plaatje.

'Sorry.'

Te laat.

'Trut!'

Daar kon ik niets op zeggen. Ik wás een trut. Een zwaar teleurgestelde, gefrustreerde, kwaadaardige trut. Niet altijd, maar nu even wel. Jasper draaide zich om en rende weg.

'Jasper!' riep ik hem na.

Hij bleef rennen, en ik kon hem geen ongelijk geven. Ik wilde janken, maar er kwam geen traan. Ik was suf geluld, uitgedoofd, leeg.

Op het schoolplein werd ik opgewacht door Nora. Maar als ik nou in iemand geen zin had, dan was het Nora wel.

'Hoe is het?' vroeg ze.

Gaat je geen donder aan. Wegwezen nu. Ik liep

door alsof ik haar niet had gehoord.

'Jullie gaan verhuizen, hè?'

Wat gingen de nieuwtjes toch snel rond, maar het kon me eigenlijk ook niks schelen.

'Ik ben weggelopen. Dat vinden ze thuis helemaal niet erg.'

Zij blij, nu ik nog.

'En nu?'

Net had ik me toch heilig voorgenomen om iemand die me nog een keer 'en nu?' zou vragen gewoon echt op z'n bek te slaan.

Ik liep de school binnen. Nora volgde me als een wesp. Waar ik ook liep, ze bleef maar naast me lopen en kletsen. Eindelijk liet ze me gaan. Hè, hè, dat werd tijd. Ik wilde het lokaal in gaan.

'D'r is bij ons nog wel plek, hoor,' hoorde ik haar plots zeggen.

Geen aandacht aan besteden. Dag Nora.

'Ik woon in een gekraakte villa, die is een beetje verbouwd, een beetje boel verbouwd, en nu wil niemand er meer wonen.'

Ik bleef staan. Zeg dat nog eens, Nora! En nu wil niemand er meer wonen!? En toen kreeg ik me toch opeens een geniaal idee. Ik wist het wel, ik was geniaal. Voor heel even dan, maar meer heb je ook niet nodig.

40

Jasper aarzelde toen ik hem mijn geniale plan voor-
legde. Nee, eerlijk gezegd schrok hij zich een ongeluk. Of ik gek was geworden? Misschien wel, maar
dat leek me nu niet echt belangrijk. Dus niet in dis-
cussie gaan, maar duidelijk maken wat er op het spel
stond: willen we hier nou blijven wonen of niet?

Ik besloot zijn antwoord niet af te wachten, niet
twijfelen, maar doen. Nu twijfelen was opgeven, dat
wist ik zeker.

Ik liep naar de schuur, nou ja, schuur. Een tuinhuis-
je met mogelijkheden, zoals die trut het had gezegd.
Ik zag de aanstaande bewoonster daar al haar schilde-
rijtjes maken, zo'n type was het wel. Jasper keek me
aan en haalde diep adem.

'Nou, doe je mee of niet?' vroeg ik dreigend.

We keken elkaar aan. Toen brak er een grijns door
bij Jasper. Een mooie grijns. Actie!

Jasper tikte geroutineerd met zijn elleboog vier
ruitjes in. Glasgerinkel – iets te luid. We keken om
ons heen. Gelukkig, geen nieuwsgierige buren. Toen

overgoot hij de deur van de schuur met olie. Jasper vroeg me naast hem te komen staan met de tuinslang. Met een lucifer zette hij de deur in lichterlaaie. Ik wilde de boel onmiddellijk blussen, maar Jasper duwde de tuinslang naar beneden.

Het begon goed te branden en te roken. Ik werd ongeduldig. Jasper overzag het brandje met de routineuze blik van een pyromaan.

'Oké, blussen maar,' zei hij eindelijk heel rustig.

Binnen tien seconden was het vuur geblust. Missie geslaagd: dat was geen fijn schuurtje meer, niet om lekker in te schilderen.

Toen was de tuin aan de beurt. Een mooie tuin met een rijke variatie aan planten en bloemen. Dat was niet bepaald te danken aan de groene vingers van paps of mams, maar aan de tuinman die elke maand langskwam.

Jasper wilde de struiken er liefst uit trekken, maar ik had de tuinschaar al gevonden. En daar bezweken de hortensia's, de katjesbomen, de Japanse kers en de bamboestruiken onder mijn snel knippende vingers. Jasper mocht het gazon aanpakken met een grote schep. Het had de natuur veel tijd gekost om zo'n tuin tot leven te wekken, maar de mens kon hem in een handomdraai vernielen. Een treurig besef, ondanks het hogere doel van onze vernielzucht.

We stonden in de woonkamer. Jasper kwam aanlopen met een pikhouweel. Ik gaf hem aanwijzingen, terwijl hij zwierig zwaaiend de muren te lijf ging. Hij beukte er stevig op los en gaf de muren een fraai, woest reliëf. Een liefhebber van rotspartijen had er wellicht van kunnen houden. Jasper genoot zichtbaar, en ik ook. Lekker gevoel wel. Daar schaamde ik me trouwens ook wel weer voor.

De prachtige inbouwkeuken werd in een handom-draai onklaar gemaakt. Nou ja, alles deed het nog, maar de uiterlijke schoonheid liep wel een paar deukjes op.

We gingen naar boven. Meer van hetzelfde: stupi-de vernielzucht, maar met groots resultaat; de schade was niet te overzien.

We gingen weer naar beneden, dronken een glaas-je cola.

'Klaar?' vroeg Jasper.

Ik schudde met een duivels gezicht van nee. Ik be-gon er nu echt zin in te krijgen, alsof de grootste lol nog moest komen. Ik liep naar de keuken en draaide twee kranen open.

'Waterschade,' zei ik rustig. 'Da's pas echt erg.'

Ik keek naar de houten vloer terwijl het water zich snel verspreidde op de vloer. Jasper lachte.

Ik keek toch wel enigszins spijtig naar de ravage om me heen. Maar goed, er was nu geen weg terug meer.

Na een uur begon de vloer al los te laten en spoedig zouden de eerste delen vrolijk ronddrijven. De boven-verdieping had een soortgelijke, maar iets bescheide-ner behandeling gekregen. Daar was de vloerbedek-king kletsnat, en dat zou stevig gaan rotten, wist ik.

'Wie zou hier nou nog willen wonen?' vroeg Jas-per.

'Wij,' zei ik droog terwijl ik tot mijn enkels in het water stond.

Missie geslaagd? Ik keek om me heen. Wat hadden we in godsnaam gedaan?

'Wij zijn gek geworden,' zei Jasper met de gepaste blik van een idioot. En hoe graag ik ook wilde, ik kon er niet om lachen.

41

Ze kwamen bijna tegelijkertijd aan: paps en de man die ik een keertje met zijn gezin had rondgeleid en die zich niets had aangetrokken van Jaspers heldhaftige optreden.

Jasper en ik stonden ze gelaten op te wachten. Nee, eerder een beetje beteuterd alsof we spijt hadden van onze actie. En toegegeven: we waren bang, erg bang.

Paps en de man kwamen aanlopen. Toen een ontredderde blik van paps. Hij begon heen en weer te rennen: naar binnen, naar buiten. Door de tuin. Schuurtje in, schuurtje uit. Toen weer naar binnen, de trap op. Toen weer naar buiten. De man bleef staan voor de opengeslagen tuindeuren en keek stoïcijns naar de ondergelopen huiskamer.

Het werd stil. Paps viel neer op het gazon en verborg zijn hoofd in zijn handen. De man keek mij even aan.

'Dit huis is niet te koop, hè?'

Ik schudde van nee. Hij glimlachte alsof het een goede grap was en liep weg. We keken naar paps. Die zat nog steeds op het gazon, met zijn handen om zijn opgetrokken knieën geslagen, en keek met lege ogen om zich heen. Ik wist niet wat ik moest zeggen, iets opbeurends? Toen stond hij op, en liep langzaam op ons af.

'Helder,' zei hij rustig.

Was dat goed, of was dat slecht? Was de boodschap eindelijk duidelijk, of stond er iets te gebeuren waarvan wij de omvang amper konden bevatten?

'Je mag best boos zijn, hoor,' zei Jasper onnadenkend.

Paps begon te lachen. Eerst zachtjes, toen harder, en daarna op een manier alsof-ie erin zou blijven, met de blik van een waanzinnige die lachend zijn dood tegemoet gaat. Hij liep naar zijn auto en het lachen nam iets in kracht af. Hij stapte in en reed met een noodvaart weg.

Jasper en ik keken elkaar aan. Jasper trok zijn schouders op. Tja, het was nu wachten op de dingen die komen gingen.

Een halfuur later was paps terug met mams en de huisarts, dokter Alkemade. Die hadden we echt in jaren niet gezien. Gezond waren we in ieder geval dus wel – fysiek dan. Maar dokter Alkemade was er niet bij gehaald om onze pols op te nemen. Dit was een kleine voorbode van de witte jassen, dat wist ik zeker.

Mijn moeder keek om zich heen, haar hand voor haar mond. Ze was niet boos, ze was niet verdrietig, ze was… Tja, wat was ze eigenlijk?

Normaal gesproken zouden we nu ergens zijn gaan zitten maar er was nergens iets om op te zitten dus bleven we maar op het gazon staan, of wat ervan over was.

'Hebben jullie dit gedaan, jongens?' vroeg dokter Alkemade op rustige toon.

Nee, de kaboutertjes, nou goed?

'Ja,' zei Jasper met een trotse blik.

'En waarom?'

'Omdat zij niet willen luisteren,' ging Jasper door.

Dokter Alkemade knikte.

Dat mijn ouders wilden scheiden was nieuw voor hem maar daar wilde mijn vader het helemaal niet over hebben. Hij wilde dat dokter Alkemade ons eens even helemaal binnenstebuiten keerde, in het bijzonder ons hoofd, want hij maakte zich grote zorgen. Hij dacht echt dat wij gek waren geworden en ik kon hem voor een keer niet helemaal ongelijk geven.

Dokter Alkemade wilde eerst eens een goed gesprek hebben. Daar had behalve mijn moeder niemand zin in. Toen ging paps zijn mobiel over; een spoedgeval, hij moest naar het ziekenhuis.

Paps rende weg, en mams? Die keek naar paps. Toen naar ons. Naar het huis, naar het schuurtje. En toen stortte ze in. Zomaar ineens. Dat zag er vreemd uit trouwens.

Ze ging compleet out, languit op het gazon. Kleine paniek. Dokter Alkemade bracht haar snel weer bij kennis. We hurkten naast haar neer. Ze keek ons aan, heel rustig. Jasper aaide haar over haar hoofd. Ik wilde haar overeind helpen, maar ze wilde blijven liggen. En toen kreeg ik het toch wel een beetje benauwd. Ik keek dokter Alkemade aan, die zijn vingers in haar hals had gelegd.

'Mam?'

''t Is goed, 't is allemaal weer goed,' zei ze opeens. En ik zag dat ze het meende, heel erg meende zelfs. We hadden mams terug! Maar m'n vreugdetranen had ze niet verdiend. Nog niet.

42

Mams meldde zich ziek op het werk en liet een leger klusjesmannen komen om het huis en de tuin in de oorspronkelijke staat terug te brengen. En Nel hielp natuurlijk mee. Ze was opgewekt, zo opgewekt als iemand maar kan zijn die van haar man af wilde, maar voor wie de dood een eenvoudigere oplossing was dan een scheiding. Zover waren paps en mams in ieder geval nooit gekomen: dat ze elkaar dood wensten. Ja, ons misschien, maar dan ook maar zo nu en dan, en natuurlijk nooit gemeend.

'Mis je hem niet?' vroeg ik Nel een keer.

Nel wilde het er niet over hebben, en ik eigenlijk ook niet. Over de doden niets dan goeds, toch?

Mams liep ondertussen de hele dag haar excuses te maken. Ik werd er gek van. Ze zei dat ze het nooit zover had mogen laten komen. Dat ze onmiddellijk had moeten breken met Flip, dat ze zichzelf nooit kon vergeven hoezeer ze ons in de steek had gelaten. Het klonk allemaal erg overtuigend, zonder ook maar een moment echt te overtuigen.

Ze probeerde de schade met ons in te halen door dingen te doen die ze nog nooit had gedaan en waarvoor ze dan ook weinig aanleg had. Want waarom gaat iemand opeens een appeltaart maken? Bovendien hielden we helemaal niet van appeltaart. Ze wilde met me lunchen en shoppen. Het irriteerde me. Het ging mij te gemakkelijk. Tijd voor een paar vragen.

'En hoe is het dan nu met Flip?' vroeg ik.

Ze keek me verrast aan, alsof ze niet wist wie Flip was.

'We blijven vrienden,' antwoordde ze na lang nadenken.

Fout antwoord. Ze had al een vriend, haar beste vriend. Daar was ze nog steeds mee getrouwd, maar zo had ze het nog nooit bekeken.

'Maar als jullie willen dat ik het contact helemaal verbreek...' ging ze verder.

Wat was dat voor hinderlijke onderdanigheid? Ik wilde geen slappe doos terug; ik wilde mijn moeder terug, een vrouw met een mening en een overtuiging die niet alleen met het grootste gemak honderd man aanstuurde, maar ook mijn vader. Voorál mijn vader.

'Ik ga toch niet zeggen of jij Flip nog wel mag zien?' provoceerde ik.

'Je hebt gelijk,' zei ze. 'Geen halve oplossingen. Ik heb een keus gemaakt, en daar moet ik achter staan. Geen Flip meer.'

Hè, hè, zo eenvoudig kan het nou zijn.

'Dankjewel,' zei ze ernstig.

'Graag gedaan,' zei ik maar.

Belachelijk natuurlijk.

Ik realiseerde me onmiddellijk dat de terugkeer van mijn moeder geen halve oplossing van het probleem was; het was helemaal geen oplossing zolang paps zijn plannen met Angela wilde doorzetten.

Maar misschien had mams paps wel op een idee gebracht; stond-ie hier opeens op de stoep. Dat zou mooi zijn, maar wat dan? Toch maar eens vragen.

'Stel dat paps nou terugkomt, komt het dan nog goed tussen jullie?'

Mams keek ernstig. Over die vraag had ze blijkbaar wel eens nagedacht, maar het antwoord had haar blijkbaar niet zo gunstig gestemd.

'Daar is een heleboel voor nodig,' sprak ze cryptisch.

'Zoals?'

'Liefde.'

Ze sprak het uit alsof ze niet helemaal meer wist wat dat was, tussen haar en paps. Tja, liefde, die was er ooit geweest en kon toch wel weer terugkeren? Als je maar een beetje je best doet.

'Maar liefde is toch voor altijd?' vroeg ik onnozel. Niet dat ik daar nog echt in kon geloven, maar de suggestie was goed.

Mams lachte en zweeg.

Goed, dan maar onmiddellijk door naar de hamvraag.

'Zou je het willen proberen?'

'Ja.'

Ze zei het zonder enige aarzeling. Dat was goed nieuws. En onze opdracht was helder: paps terugbrengen. Was het niet goedschiks, dan maar kwaadschiks.

43

Paps was duidelijk niet blij met de ommezwaai van mams. Nou ja, ommezwaai… beter gezegd: ineenstorting van mams. Met z'n tweeën sta je sterker dan alleen, zag je hem denken.

Ik had hem daarom wel wat toeschietelijker verwacht. Een man alleen tegen een front van drie. Desondanks sloeg hij zijn zakelijke toontje weer aan. Hoe we het verder gingen doen? Wat onze plannen waren?

'Die hebben we niet,' zei ik.

Dat was een leugentje om bestwil. Mams was terug, en nu waren we met z'n drieën in het huis. Wat voor plannen moesten wij verder hebben?

Ik wilde liever weten wat zíjn plannen waren. Ik vond dat ik maar eens moest beginnen over de liefdesbaby, want ik had de indruk dat mams daar nog steeds niets van wist. Nee, dat moest ik toch maar niet doen, zoals ik mezelf eerder had beloofd.

Paps zweeg en dacht na – een kleine aanloop voor een moeilijke vraag.

'En gaan wij elkaar nog eens zien?' vroeg hij met een peinzende blik, alsof-ie er zelf niet helemaal zeker van was. Alsof-ie zelf bijna dacht dat-ie het wel zo ongelooflijk had verpest dat ik doodleuk zou zeggen: 'Dacht het niet.'

Maar de vraag was een mooie voorzet voor het plannetje dat we nog uit te voeren hadden en dat ons dichter bij ons uiteindelijke doel zouden brengen.

'Kan ik even met je praten, pap?'

Dat verraste hem, hij keek blij op. Het was lang geleden dat ik paps pap had genoemd.

'Natuurlijk.'

'Buiten?'

Paps keek mams aan, die hem bemoedigend toeknikte. We stonden op en liepen naar buiten.

Wat een ongelooflijke puinhoop. Kun je geen vrede sluiten zonder geweld te hoeven gebruiken? Domme vraag; ik had vast niet goed opgelet bij geschiedenis.

'Wat wilde je zeggen, Merel?'

Tja, wat wilde ik zeggen? Toch maar even het pijnpunt aansnijden?

'Weet mams het al? Dat Angela een kind…'

Hij keek ongemakkelijk.

'Wanneer ga je het haar vertellen?'

Paps zweeg weer. Dat irriteerde me dit keer minder, want ik had tenslotte een plan. Ik besloot paps immers te gaan helpen, en mams en Jasper, en vooral mezelf. Want dat Angela een kind kreeg, daar was niets meer aan te doen. Maar dat wilde nog niet zeggen dat paps en Angela samen een kindje moesten krijgen.

'Was dat alles?' vroeg paps ongeduldig.

Nee hoor!

'Ik weet niet zo goed hoe ik dit zeggen moet, maar…'

Tactische stilte, paps was een en al oor. Hij verwachtte kennelijk goed nieuws. Waarom vroeg ik hem nou niet gewoon of-ie nog iets met mams wilde? Dat kon later nog.

'Nou ja, het loopt niet zo lekker tussen mams en ons.'

'O.'

'Ze is erg labiel, ze dringt zich ontzettend aan ons op. Ze probeert het ons heel erg naar de zin te maken, maar volgens mij is ze alleen bezig met Flip.'

'Ze heeft natuurlijk wat tijd nodig om de dingen rustig op een rijtje te zetten. 't Is niet niks wat er is gebeurd.'

Nee, en voor ons ook niet. Maar daar zouden we het later ook nog wel een keer over hebben, als pap weer een paps was geworden.

'Nee, dus hou dat over die liefdesbaby nog maar even voor je.'

Paps knikte zuinig. Ik had meer een tevreden glimlach verwacht. Een dochter die meedacht over zijn welzijn – dat was toch een meevaller? Zin in nog een meevaller, paps?

'Dus nu dachten Jasper en ik: als wij nou een tijdje bij jou en Angela mogen komen wonen, dan krijgt mams een beetje rust en kunnen wij Angela beter leren kennen.'

Paps keek argwanend. Had ik het plannetje in al mijn onschuld verraden? Weken klieren, pesten en treiteren, en dan nu de verstandige lieve dochter uithangen? Maar een opportunist heeft niet zoveel oog voor motieven of nuances. Die pakt z'n kansen, en dat deed-ie.

'Prima idee. Ik was even bang dat jullie je verstand kwijt waren.'

Nee hoor, dat verstand werkte naar behoren, bovengemiddeld konden we wel stellen.

'Wanneer komen jullie?' vroeg-ie.

'Nu?'

Hij stak lachend zijn duim op. Wat een sukkel!

44

Jasper en ik werden met open armen ontvangen. Er stond een soort welkomstcomité in de deuropening, bestaande uit Angela en haar kinderen, Ruprecht en Tillie. Ze leken zich voor de gelegenheid zelfs mooi te hebben aangekleed. Alleen de slingers ontbraken nog. Toch vreemd, want het eerste wat ik vroeg was: 'Hoe is het met Geert?'

'Die heeft een heel fijne vriendin gevonden,' zei Angela geruststellend.

Ze lachte er vriendelijk bij, alsof het hem van harte was gegund. Of was het: opgeruimd staat netjes? Een heel fijne vriendin. Dat klonk niet erg verliefd, maar goed, als Geert er maar blij mee was.

Eerst maar eens kennismaken met Ruprecht en Tillie. Die zaten gelukkig duidelijk niet op een half-broer of halfzus te wachten. Ruprecht keek mij aan alsof hij nog moest kiezen: vind ik haar vreselijk of vind ik haar heel vreselijk? Tillie was uitgesproken le-lijk, dus dat wees zich vanzelf. Ik zie er namelijk wel leuk uit.

We gingen zitten, in een kring. Angela stelde vriendelijke vragen en wij gaven vriendelijke antwoorden. Dat kostte mij minder moeite dan Jasper, die volgens mij iets te snel duidelijk wilde maken dat wij hier niet bepaald voor de gezelligheid waren gekomen.

Paps had er in ieder geval alle vertrouwen in. Hij stond op een gegeven moment op en bracht een toost uit. Beetje overmoedig, beetje onverstandig. Paps en Angela gaven elkaar een zoen. Jasper keek weg, en ik kreeg een naar gevoel. Ik wilde niet dat paps een andere vrouw zoende, en al helemaal niet waar ik bij was.

Er was een feestelijke maaltijd bedacht, ons lievelingskostje, wist paps: we gingen gourmetten. Een ideale gelegenheid om het eerste puntje op de eerste i te zetten. We begonnen met misprijzende gezichten.

'Bah, wat kinderachtig,' zei Jasper.

Dat kwam de feestvreugde niet ten goede. Angela keek ontstemd, paps ontdaan.

'Da's voor kleine kinderen,' ging Jasper door. 'Dat vond ik leuk toen ik acht was.'

Paps keek hem nu getergd aan.

'Onzin, dit hebben we laatst nog gegeten.'

'Ja, omdat jullie dat zo leuk vonden,' zei hij.

'Hoe kom je daar nou bij, Jasper? Waarom zou ik uit kleine pannetjes eten? Geef mij maar een grote steak. Je kent me toch?'

Angela keek mij uitnodigend aan. Of ik de boel nog even wilde redden. Niet dus.

'Ik ben vegetarisch,' loog ik.

'Sinds wanneer?' vroeg paps.

'Nou, alweer een tijdje, hoor.'

'Daar weet ik niks van.'

'Nee, maar het is ook alweer een tijdje geleden dat wij samen hebben gegeten.'

Die was raak. Paps zweeg schuldbewust.

Ruprecht en Tillie hadden reuze zin in gourmetten, dus die legden hun eerste stukjes vlees in de pannetjes.

'Sorry, ik kan dit niet aanzien,' zei ik en liep van tafel.

Ik had trouwens wel trek, vreselijke trek.

We ploften neer op de bank, zonder commentaar. Jasper pakte de afstandsbediening en knipte de televisie aan. Hard, erg hard.

'Kan het wat zachter?' vroeg paps.

Jasper reageerde niet.

Paps stond op. Hij begon boos te worden, liep naar Jasper toe en griste de afstandsbediening uit zijn hand.

'Hou op met dat geklier, Jasper.'

Ik gaf Jasper een por. Ik vond dat-ie een beetje overdreef. We waren nauwelijks binnen en we hadden paps immers gezegd dat we Angela beter wilde leren kennen. We moesten maar even wat gas terugnemen.

Paps liep terug naar tafel, ging zitten. En toen gebeurde er iets vreemds: hij sloeg zijn handen voor zijn gezicht. Wanhopig, alsof-ie er helemaal geen zin meer in had. In de scheiding, in Angela en nog een kind. Of dat echt zo was wist ik natuurlijk niet, maar hoop doet leven.

45

Jasper dacht heel optimistisch dat we onze exercitie binnen twee dagen zouden hebben afgerond. Ik hield het op vier dagen, het werden er drie.

Het huis was ruim. Jasper en ik konden ieder een eigen kamer krijgen, maar we wilden bij elkaar slapen. Dat kon in Geerts oude studeerkamer, op twee matrasjes op de grond.

Angela bleef het goedmoedig proberen. Ze had een uitgebreid ontbijt gemaakt. Daar hadden we dus geen zin in. Ze accepteerde dat zonder morren.

Ik ging niet naar school, want ik voelde me niet zo lekker. Jasper was solidair en ging ook niet. Ja, de scheiding had ons dichter bij elkaar gebracht, legden we Angela uit, we deden niets meer zonder elkaar. Angela begreep het. Ze begreep alles, en wilde het ons naar de zin maken. Arme Angela. Soms had ik echt met haar te doen, echt waar!

Maar weer niet genoeg om haar kinderen Ruprecht en Tillie niet heel duidelijk te maken dat het tussen ons nooit wat zou worden. Dus eerst maar eens flink ruzie trappen om aan alle twijfel een eind te maken – stiefzusjes en stiefbroertjes, je kunt ze missen als kiespijn!

Een aanleiding was moeiteloos gevonden. Ruprecht begon over een stagiaire in zijn klas die een hoofddoekje droeg. Hij vond dat belachelijk. Ik niet. Dus voordat ik het doorhad zat ik de heilige oorlog van de moslima's te verdedigen. Tillie was het gek genoeg met me eens. Hè, dat was niet de bedoeling.

'Hoezo vind jij dat ook?' vroeg ik haar.

'Nou ja, wat maakt zo'n hoofddoekje nou uit?'

'Wat klinkt dat respectloos, zeg.'

Tillie schrok zich een ongeluk.

'Maar ik heb júist respect voor ze,' verdedigde ze zich.

'Daar merk ik anders niets van.'

'Ik zeg toch…'

'Nee, je zegt: wat maakt zo'n hoofddoekje nou uit?'

'Ja, maar dat bedoel ik…'

'Dat klinkt heel denigrerend, weet je dat? Voor dat meisje maakt dat dus alles uit.'

'Maar…'

'Niks maar. Je drukt je gewoon onzorgvuldig uit. En daar nemen die meisjes met die hoofddoekjes terecht aanstoot aan.'

Mooi gezegd, plechtig bijna.

'Maar…'

Verder kwam Tillie niet. En nu dan maar de genadeklap. Maar Jasper was me voor.

'Jij bent een racist,' zei Jasper, om ook iets bij te dragen. Beetje overdreven maar wel raak.

Tillie barstte in huilen uit en rende weg. Ruprecht ging erachteraan; aardig van hem. Jasper keek mij lachend aan, maar ik kon niet lachen. Zij konden er toch ook niks aan doen?

De avondmaaltijd verliep in gepaste stilte. Ruprecht en Tillie waren uiteraard in geen velden of wegen te bekennen; die hadden de boodschap goed begrepen.

En paps liet ook verstek gaan, want hij had een afspraak. Vreemd, dat risico had ik niet genomen als ik hem was. Een gewaarschuwd man telt toch voor twee?

Angela had een groenteschotel gemaakt. Die kon ik natuurlijk als vegetariër niet weigeren. Maar hij was vreselijk, gingen we maar gourmetten!

Angela wilde het natuurlijk toch voor haar kinderen opnemen. Dat zij goedwillend waren en het er ook heel moeilijk mee hadden dat hun ouders gingen scheiden. Ze vroeg of we daar een beetje rekening mee wilde houden. We knikten van ja, en bedoelden nee, en dat had Angela heel goed door.

'En mijn kinderen zijn géén racisten,' zei ze rustig. Weer zo rustig, word eens een keertje razend, mens!

We bedankten voor de groentehap en gingen vroeg naar bed. Dat vond Angela goed. Angela vond alles goed. Daar moesten we snel wat aan doen. Een redelijke stiefmoeder, je moest er toch niet aan denken?

46

Angela was niet alleen erg redelijk, ze was ook niet dom. Dus voordat wij hadden kunnen nadenken hoe we de redelijkheid van Angela onderuit zouden kunnen halen, had zij ons al uitgenodigd voor een goed gesprek. Alweer een goed gesprek; ik was inmiddels de tel kwijt.

'Oké, wat is het plan?' begon ze.

Wij vonden dat we maar het best heel verbaasd konden kijken: waar hebt u het over?

'Ik ben niet achterlijk, hoor,' begon ze vriendelijk.

Nee, jammer, dat had ik ook wel door.

'Jullie vader en ik houden van elkaar. Niet gepland, wel gewenst.'

Hadden we die ook weer. Zou ik nou eens over dat open huwelijk beginnen, want lag daar niet de oorzaak van alle ellende?

'En dat jullie moeite hebben met een nieuwe situatie, dat begrijp ik best.'

Nu geen Pim-verhaal op een Pim-toontje, maar dat deed ze gelukkig niet.

'Dus zeg het maar: gaat dit goedschiks of kwaad-schiks?'

Kordate tante, ze kende zelfs onze tekst. Nou, kwaadschiks dus, maar dat konden we natuurlijk niet zeggen. Jasper dacht daar anders over.

'We zijn hier voor onze vader. Niet voor jou of je kinderen,' opende hij de vijandelijkheden.

Zo, dat was eruit, maar of het verstandig was?

'Dat begrijp ik. Maar als je bij je vader wilt zijn, dan horen wij daar dus voortaan bij,' vond Angela.

Dat was niet geheel onwaar. Hoe afschuwelijk het ook was, Angela mocht best voor haar liefde vechten.

'Dus zeg het maar.'

'Leuk zal het in ieder geval nooit worden,' zei Jasper.

Dat ging wel wat ver. Angela glimlachte weer – erg hinderlijk.

'Dat lijkt me helder dan.'

O, wat was er opeens zo helder?

'We zullen het er straks over hebben met jullie va-der.'

Ik had er een heel vreemd gevoel over. Ze was niet eens over haar baby begonnen, dat zou mij misschien wel week hebben gemaakt. Vreemde vrouw, helemaal niet paps type eigenlijk.

Angela en Paps zaten naast elkaar aan de eettafel, wij ertegenover. Angela keek paps aan.

'Ik heb met je kinderen gesproken, en ze zijn niet van plan om hier hun beste beentje voor te zetten. Is het niet, jongens?'

Wij keken schaapachtig.

'En het lijkt me niet de bedoeling dat we hier ijzer met handen gaan breken.'

Mooi gezegd, ik was het geheel met haar eens. En

toen maakte ze een fout. Eindelijk! Nee, geen fout; ze gleed uit over haar eigen redelijkheid en mijn 'slechte karakter' – een fatale combinatie.

'Dus laten ze gewoon teruggaan naar hun moeder. Dan zien we later wel verder,' zei ze.

Nee, niks later. Nu! Deze kans mocht ik echt niet voorbij laten gaan.

'Sorry, dus jij zet ons het huis uit?' informeerde ik.

'Nee, tenzij...' begon ze.

'Dus jij geeft het geen kans?' hield ik vol.

'Ik wel, jullie niet,' ging zij door.

Ik keek paps aan, stootte hem ruw aan. Zo van: 'En nu wel even opletten!'

'Ze zet ons er gewoon uit!' riep ik verontwaardigd.

Angela schudde haar hoofd.

'Da's niet waar, Merel.'

Nee, dat was inderdaad niet waar, maar aan de waarheid hadden we nu niets. Ik moest het hoofd koel houden, en de leugen maar helemaal afmaken.

'En ik had nog wel tegen jou gezegd dat we hier waren om Angela beter te leren kennen.'

'Daar heb ik anders weinig van gemerkt,' zei Angela terecht.

Paps' blik ging van Angela naar mij en weer terug. Hij was precies in de situatie terechtgekomen die hem totaal niet lag. En daar moest ik gebruik van maken – nee, misbruik.

'Dus jij gelooft mij niet?' vroeg ik paps opgewonden.

'Jawel, kindje.'

Angela begon voor het eerst haar kalmte te verliezen. Ze was in haar open huwelijk zeker aan zo veel eerlijkheid gewend geraakt dat liegen haar een gruwel was geworden.

'Ik neem aan, Sjors, dat jij precies weet waarom Merel dit zegt,' zei ze bozig. Hè, hè, dat werd tijd, we gingen de goede kant op.

Paps knikte flauw, want hij wilde duidelijk geen partij kiezen. Hij wilde alleen maar weg.

'Geloof je je eigen dochter niet?' vroeg ik vasthoudend.

Angela's blik ging van bozig naar boos. Ze was bereid om eindelijk een keer het achterste van haar tong te laten zien, maar paps was haar voor. Op de bekende papsmanier: niet heldhaftig – zeg maar gewoon: laf!

'Zullen we een time-out nemen?' stelde-ie opeens voor.

Ik stond op, Jasper volgde.

'Goed, dan gaan wij vast naar huis,' zei ik maar.

'Ja, dan ga ik ook weer naar het ziekenhuis,' zei mijn vader.

Maar Angela schudde met een zuur gezicht van nee. Paps ging helemaal nergens naartoe. Paps bleef hier en zou het nog zwaar te verduren krijgen, dacht ik zo.

Ik was niet trots op wat ik had aangericht, maar daar kon ik op dat moment niet mee zitten.

47

Mams was blij dat we zo snel terug waren.

'We zijn eruit gegooid,' loog ik.

'Heel goed,' zei ze blij.

We lachten, maar dat ging snel over. Ik vertelde mams over de time-out. Mams knikte alleen maar alsof daar niets zinnigs over te zeggen viel. Ze had gelijk: er was niets zinnigs over te zeggen, want het was nu toch echt wachten op paps – of niet.

'Die staat hier binnen een uur op de stoep,' nam Jasper een enorm voorschot op de toekomst.

Ik wist het even niet meer behalve dat Angela en paps op dit moment een goed gesprek hadden over een time-out. Dat klonk hoopvol, hield ik mezelf voor, want wat kon dat anders betekenen dan dat paps even afstand wilde nemen, even wilde nadenken of hij wel de juiste beslissing had genomen? En als paps hardop ging twijfelen, dan zou-ie aan Angela een hele kwaaie hebben, dat wist ik zeker.

'Dan kunnen jullie het opnieuw proberen,' ging Jasper door.

Mam bleef zwijgen en glimlachen, alsof ze echt niet wist wat ze hierop moest zeggen.

'Zeg iets, mam,' zei Jasper ongeduldig.

Mams wilde misschien wel, maar kon niet. Ze aaide over zijn hoofd. Jasper vlijde zich tegen mams aan. Ik deed maar hetzelfde. Dat was lang geleden. Lekker!

'Je kunt toch je best doen?' vroeg Jasper.

'Ik weet het niet, Jasper,' begon mams eindelijk. 'Er is veel gebeurd en ik weet niet hoe jullie vader tegenover mij staat.'

'Hou je nog van hem?' vroeg ik.

Ze keek ernstig en zei toen: 'Ja, maar...'

Maar wat? Niks maar, met maren was niemand nog verder gekomen.

'Er bestaat ook nog zoiets als lichamelijk contact,' ging ze verder.

O jee, ze wilde het toch niet met ons over seks hebben? Daar zat ik in ieder geval helemaal niet op te wachten.

'Liefde zonder seks is...'

Gelukkig, ze maakte haar zin niet af. Oké, nu niet verder vragen. Ik wilde er niets over weten, over dat seksleven van mijn ouders.

'Jullie vader en ik...' begon ze weer.

Ophouden nu. Nu!

'Mam, dat hoeven we niet te weten.'

'Seks is belangrijk.'

'Al zoen je maar,' ging ze door.

Dat klonk geruststellender.

'Maar dat deden we ook niet meer.'

Mams klonk en keek teleurgesteld.

Ik probeerde me er iets bij voor te stellen. Je komt elkaar tegen, wordt verliefd. Je zoent elkaar de hele dag, dat wordt minder. En op een gegeven moment zoen je elkaar nooit meer. Wat vreselijk! Nou ja, voor iemand die van zoenen houdt dan.

'Maar dan hoef je toch nog niet te gaan scheiden?' probeerde Jasper het nog maar eens. Wat kon die drammen, zeg.

'Nee, maar dan moet je niet met iemand anders gaan zoenen,' zei mijn moeder met een bedenkelijk gezicht.

Ze voelde zich schuldig! En ik was er voor het eerst van overtuigd dat ze er echt spijt van had. Een voorzichtig beginnetje van het oude mamsgevoel.

Jasper keek niet begrijpend. Dat een huwelijk, een scheiding, het lot van kinderen uiteindelijk werd bepaald door zoenen of niet zoenen, was ook wel een ontstellend idee. Ze zouden dat zoenen ook moeten verbieden!

Mijn moeder wilde er nog wel een tijdje over doorzeuren, maar we werden gered door de bel.

Ik geloofde mijn ogen niet. Dit gebeurde toch alleen maar in heel slechte films. Of juist in heel goede films? Het was paps, echt waar, met een koffer en een sombere blik. Had Angela hem eruit gezet, was-ie zelf vertrokken? Het maakte mij niets uit, hij was terug. Onze opzet was geslaagd! Ik wilde hem eigenlijk om zijn nek vliegen, maar wist me te beheersen.

48

Mams durfde er niet naar te vragen, dus moest ik het weer doen. Van harte overigens. Hoe zat dat nou met die time-out? Paps wilde er niet over praten, wat op zich niet bijzonder was. Wat wel bijzonder was, was dat ik daar helemaal geen moeite mee had. Ik moest hem maar even laten, dacht ik meelevend.

De terugkeer van paps leidde echter niet tot de romantische verzoening waarop ik had gehoopt, maar op een avond tot een knallende ruzie met mams. Ze leken precies twee ratten die de kritische afstand even waren vergeten, maar dan zonder dat ze elkaar aanvlogen. En wij mochten er gewoon bij zitten, eerste rang op het bankstel. Het maakte ze niets uit. Integendeel, ze vonden het geloof ik wel fijn.

De ruzie ging over van alles, dus eigenlijk over niks. Dat wil zeggen, het was geen ruzie om ergens op uit te komen, het was een ruzie om elkaar pijn te doen. En ze genoten er allebei ontzettend van. Paps begon Flip af te zeiken, mams zette het mes in Angela.

'Heb je enig idee hoe je me hiermee kwetst?' viel ze

uit. 'Twee kinderen waren toch genoeg?'

Verdomme, de liefdesbaby! Ze wist het wél, en al die tijd had ze niets gezegd en was ze ook niet gek geworden. Waarom zou ze ook? Die vrouw stuurde met het grootste gemak honderd man aan, die kon wel tegen een stootje.

Nee, dat idee had paps niet – hoe hij haar had gekwetst. En mij. Waarom had-ie mij niet verteld dat mams wel wist van de baby?

'Sorry,' zei paps.

Maar daar nam mams natuurlijk geen genoegen mee.

'Wat sorry? Heb je wel eens van condooms gehoord?'

Goeie vraag. Die had ik hem zelf ook willen stellen, maar daar was het nooit meer van gekomen.

'Daar is Angela allergisch voor,' probeerde paps.

Jezus, wat een lulsmoes.

'Spiraaltje, de pil…?'

Paps zweeg en keek moeilijk.

'We hebben er gewoon niet aan gedacht. Sorry.'

Mams raakte nu echt in alle staten.

'O, en toen ik nog een kind wilde, dacht je er wel aan?'

Goed punt, mams was aan de winnende hand. Ik had er wel een goed gevoel over, even lekker ruziemaken, de grootste pijn wegschreeuwen. Dan ga je er eens goed voor zitten en maak je het weer goed. Maar zo ging het dus niet, want paps weigerde hier zijn nederlaag te slikken. Hij dacht kennelijk: de aanval is de beste verdediging.

'Waarom lig jij 's ochtends met Flip in bed terwijl je op je werk moet zijn?'

Daar had híj weer gelijk in. Mams was te boos om

redelijk te zijn, laat staan om helder antwoord te geven.

'Ja, praat er maar overheen,' schamperde paps.

'Helemaal niet.'

'Nou, geef dan antwoord.'

Maar mams weigerde, ze keek demonstratief de andere kant op en hield haar lippen stijf op elkaar. Paps liet het er maar bij zitten. Hij liep weg, draaide zich plots om.

'Angela krijgt geen kind,' zei hij zacht.

Mams wist niet waar ze het moest zoeken. Jasper keek opgelaten, en ik wilde blij zijn, maar dat mocht ik niet van mezelf. Nou ja, een heel klein beetje dan. Maar waarover was ik blij? Dat Angela geen kind kreeg, hoefde nog niet te betekenen dat...

'Het is voorbij tussen haar en mij,' voegde paps er voor de zekerheid aan toe.

Time-out? Nee, time-over! Goed gegokt, Angela had hem er gewoon uit gezet. Die vrouw had zin in de liefde, niet in gedoe met een weinig standvastige man en twee klieren van kinderen. Een verstandige vrouw, die Angela. Maar hoe zat het nou met de liefdesbaby?

'Miskraam?' floepte ik zomaar uit.

Paps draaide zich om en schudde van nee. Dat betekende... Nee?! Niet alleen paps eruit gezet, maar... Nee, echt? Wat kon het anders zijn? Abortus?!

Ik vond het erg, echt heel erg. Voor paps, en voor mezelf. Had best nog wel een broertje of zusje gewild. Weke trut die ik was!

49

Dus waren we weer samen: paps, mams, Jasper en ik. Met z'n vieren in één huis. Helaas geen reden voor een feestje, verre van dat zelfs. Natuurlijk, paps en mams deden hun best. Voor ons, maar niet voor elkaar. De spanning was om te snijden, heet dat. Je kunt het ook eenvoudiger zeggen: het was gewoon niet leuk.

Paps en mams negeerden elkaar en hielden zich in als ze eigenlijk ruzie wilden maken.

Eerst dacht ik nog: en zo hoort het ook, want was dat niet hetgeen waar we de hele tijd voor hadden gevochten? Ons geluk op één, en hun geluk op twee. Of op drie, of op vijftien, of op drieënveertig of op drieduizend... Maar goed, zo eenvoudig lag het natuurlijk niet, want wij waren wel jong maar niet achterlijk.

Jasper begon er als eerste over: 'Hoe vind jij dat het gaat?'

'Goed,' zei ik.

Ik dacht: ik hou me eerst nog van den domme. Tijd heelt alle wonden, nietwaar? Maar daar nam Jasper geen genoegen mee.

'Zo hoeft het niet voor mij.'

Ik wist wat hij bedoelde, maar zover was ik nog niet, wílde ik nog niet zijn.

'Ach, het trekt wel bij.'

'Helemaal niet,' zei hij stuurs.

Oké, ik gaf me gewonnen, nogal snel, ja. Paps had geen zin meer in mams, en mams had geen zin meer in paps als hij geen zin meer had in haar. Zoiets.

'En nu?' vroeg ik.

Jasper keek me met een zielig gezicht aan.

'Wij hebben ervoor gezorgd dat ze weer terug zijn gekomen. Dus wij moeten ze ook weer vrijlaten,' zei hij.

Alsof het over twee vogels in een kooitje ging. Maar misschien was dat ook wel zo: twee vogels in een kooitje die daar liever niet met elkaar zijn, en wij hebben de sleutel van het deurtje.

Ik knikte. Jasper had gelijk. Wij hadden gewonnen maar uiteindelijk toch verloren. Het was een beetje naïef om te denken dat ze weer van elkaar zouden gaan houden vanwege ons. En nog naïever om te denken dat het ons niks kon schelen of ze van elkaar hielden, als ze maar bij elkaar bleven. Voor ons. Tja, dat hadden we ook van tevoren kunnen bedenken. Nee, dat is niet waar. Wat we nu wisten, hadden we nooit van tevoren kunnen weten. En dat was toch wel een prettige gedachte: 't was allemaal voor niks geweest, en ook weer niet.

We zaten aan tafel, met de bekende net bezorgde Thai.

Ik schraapte mijn keel. Inderdaad, slechte toneelvoorstelling. Ik keek Jasper aan, zonder te geloven dat hij me zou bijvallen als ik dreigde vast te lopen.

'...paps, mams.'

Ze keken even op.

'We hebben eens nagedacht.'

Weer geen reactie.

'We laten jullie vrij.'

Klonk stom, maar ik wist niet hoe ik het anders moest zeggen. Eindelijk, ze keken op.

'We hadden gehoopt dat jullie weer van elkaar zouden gaan houden en dat het weer zou worden als vroeger. Maar we zien echt wel dat dat er niet meer in zit.'

Ze keken elkaar aan. Bleven zwijgen.

'Dus wat ons betreft is die scheiding goed. Maar we zouden wel heel graag met één van jullie hier willen blijven wonen.'

Paps legde een hand op mijn schouder en keek me tevreden aan. Mams glimlachte flauw. Gelukkig geen triomfantelijke blikken, geen hoerastemming zo van: 'hebben we jullie toch nog klein gekregen'. Ze bleven zwijgen. Er hing een soort verwachtingsvolle stilte.

Ik keek naar mams. Ze had een vreemde blik in haar ogen. Dacht ze er echt weer over om met Flip aan te pappen? En paps, was die echt weer welkom bij Angela? Nou ja, de wereld was natuurlijk groter dan Flip en Angela.

Het zou leuk zijn geweest als ze nu hadden gezegd dat ze het net zo lang zouden blijven proberen totdat ze wel weer van elkaar gingen houden. Maar ze zeiden niets. Het leek echt over en uit.

50

Sinds we paps en mams toestemming hadden gegeven om te gaan scheiden, was de sfeer in huis aan-
zienlijk verbeterd. Paps sliep dan nog wel steeds in de
logeerkamer, maar ik hoorde hem wel weer eens lachen met mams, waar ze onmiddellijk mee ophielden
als ze mij zagen. Geen valse hoop wekken, dachten ze
waarschijnlijk. Dat hoefde ze voor mij echt niet te
doen: ophouden met lachen. Ik was al tevreden dat
het weer een beetje was zoals vroeger. We woonden
weer met z'n vieren in een huis, iedereen ging als altijd druk zijn eigen gang, en ik merkte wel wanneer
daar verandering in ging komen.

We waren op het hockeyveld. Heiloo was bij ons
op bezoek. Mams floot, paps stond langs de lijn met
Jasper. Het werd een kopie van de eerste wedstrijd;
binnen een kwartier stonden we met 3-0 achter. Wat
kon het mij ook schelen? Voor mijn part verloren we
met 12-0, maar mams dacht daar anders over. Die begon weer partijdig te fluiten. Ik liep naar haar toe.

'Niet doen, hè, de vorige keer ging het bijna mis.'

Ik had het nog niet gezegd of het noodlot sloeg toe: een ploeggenoot liet een tegenstandster struikelen. En laat dat nou precies de dochter zijn van dat heethoofd dat vorige keer mijn moeder een duw had gegeven.

Fluit nou, fluit! In godsnaam, fluit! Uit naam van de wereldvrede, fluit! Maar mams floot niet. Ze liet doorspelen. Het heethoofd sprintte het veld op en gaf mijn moeder een... kopstoot! Ik geloofde m'n ogen niet, hier werd geschiedenis geschreven: een kopstoot op het hockeyveld!

Mams sloeg tegen het gras. Ze bloedde. Ik rende naar haar toe, maar de tegenstanders beletten me om dicht bij haar te komen. Het heethoofd was nog niet klaar. Ze boog zich dreigend over mijn moeder en begon te schelden. Heiloose scheldwoorden, ik kende er niet één.

Ik keek om, zocht paps maar ik zag hem niet. Hij stond toch niet nu al koffie te drinken in het clubhuis met een of andere alleenstaande moeder?

Maar toen werd de haag van spelers die om mijn moeder stond uiteengereten. Er verscheen een gezicht dat barstte van woede. Een hand die het heethoofd hardhandig in haar nek greep en als een vaatdoek optilde en weggooide. Ik straalde van trots: paps!

En toen zette hij met vijf eenvoudige woorden ons leven op zijn kop, plezierig op zijn kop.

'Blijf van mijn vrouw af!'

Hij zei het echt! Hij noemde mijn moeder 'zijn vrouw'. Waar kwam dat nou opeens vandaan? Niet over denken nu, nooit meer denken. Er was genoeg gedacht!

Het heethoofd kwam struikelend overeind en

rende huilend van het veld af. Paps knielde bij mams neer. Hij depte met een zakdoek het bloed van haar hoofd en neus. Hij tilde haar hoofd omhoog en legde dat in zijn schoot.

'Zei jij nou "mijn vrouw"?' vroeg mams alert.

Zij dacht ook: ik laat hem nu niet meer ontsnappen.

'Zei ik dat?'

'Ja, dat zei je.'

'O.'

De coach van Heiloo sommeerde zijn spelers het veld te verlaten. De wedstrijd werd gestaakt. Een reglementaire 3-0-overwinning, het beste resultaat uit mijn carrière.

Toen brak er een geweldig onweer los. Binnen een mum van tijd was iedereen het clubhuis in gerend. Behalve Jasper, die naast me was komen staan, en paps en mams natuurlijk.

Paps hielp mams overeind, de regen spoelde haar gezicht schoon. Toen keken ze elkaar aan.

'Ja, volgens mij zei ik dat,' zei paps.

'Klonk goed.'

'Wil je het nog een keer horen?'

'Graag.'

'Mijn vrouw,' zei hij.

Ze moesten lachen, en toen zoenden ze elkaar. Eerst heel aarzelend, daarna omhelsden ze elkaar. Paps tilde mams op en zij zoende paps op zijn voorhoofd. Ze liepen gearmd weg, elkaar eindeloos zoenend, door de plensbui, alsof ze ons vergeten waren. Nou goed, voor een keer was dat geen punt; dat kon er ook nog wel bij.

Jasper en ik keken elkaar aan. Tijd voor een high five. We lachten naar elkaar – ongemakkelijk, bijna verlegen. Toen vloog-ie in m'n armen. Hij begon te huilen. Ik vocht tegen mijn tranen. Sterk zijn nu. Waarom ik vond dat dat moest wist ik niet. Sterk zijn was bijna een gewoonte geworden. Oké, klein traantje dan, daarna een iets grotere.

'Jongens?'

We draaiden ons om. Paps en mams straalden, Jasper en ik huilden. En toen hebben we met z'n allen maar een potje gehuild.

Allemensen, wat was dat een gedoe om niks geweest!